炎天夢

東京湾臨海署安積班

今野 敏

ハルキ文庫

角川春樹事務所

目次

炎天夢

東京湾臨海署安積班

1

ひどく暑い午後で、須田三郎《すださぶろう》巡査部長は外から帰ってきたとき、見ていて気の毒なほど汗をかいていた。不思議なことに、彼と行動を共にしている黒木和也《くろきかずや》はほとんど汗をかいていない。

須田は刑事としては明らかに太りすぎだと、安積《あずみ》はいつも思っている。そのせいで、彼は周囲から誤解されることが多い。

動作が鈍いと、頭の働きまで鈍いと思われがちなのだ。

一方、黒木はアスリート系だ。常にきびきびしているし、余計な発言はしない。

安積剛志《つよし》警部補が強行犯係長になってからこの二人はずっとコンビを組んでいる。見事に息の合ったコンビだ。

彼らは、昨夜管内で発生した強盗傷害事件についての聞き込みから戻ったところだった。

「いやあ、夕方になってもまったく涼しくならないですね」

須田がこの世の一大事を告げるような顔で安積に言った。

彼の表情はいつも大げさだ。まるで安っぽいドラマのようだ。彼はコミュニケーションの方法を、そうしたドラマから学んだのかもしれないと思うことがある。

　安積は尋ねた。

「それで、何かわかったのか？」

「現場付近の歩道に設置されていた防犯カメラに、犯人らしい人物が映っていることがわかりました」

「それは朗報だ。すぐに解析にかかってくれ」

　ビデオ映像の解析などを一手に引き受けるSSBC（捜査支援分析センター）が警視庁本部にあるが、所轄で手がける事案をすべて引き受けてもらえるわけではない。SSBCのキャパシティーにも限りがあるのだ。どうしても重要事件が優先されることになる。

　強盗傷害は重要事案ではあるが、今回の場合、被害者も軽傷だったし、被害額もそれほど大きくはない。所轄で片づけるべき事案なのだ。

「わかりました」

　須田と黒木が席に戻ったとき、村雨秋彦《むらさめあきひこ》巡査部長と桜井太一郎《さくらいたいちろう》が戻ってきた。

　村雨は桜井の指導役で、この二人は言わば師弟コンビだ。村雨は桜井に報告させた。

「被害者の話では、犯人はキャップをかぶり、マスクをしていたので、人相がよくわからないということでしたが、細身の男性で年齢は若かったということです」

　村雨は無言でこの報告をチェックしている様子だ。

いや、本当はいちいちチェックなどしていないのかもしれない。村雨を見ていると、安積はつい、そういう想像をしてしまう。

村雨は頼りになる刑事だが、もし彼が自分の上司だったら嫌だろうと、安積は密《ひそ》かに思っている。

「須田たちが防犯カメラの映像を手に入れた」

安積は言った。「これから映像解析をするから、その結果を目撃者に見せて確認を取ってくれ」

村雨がこたえた。

「わかりました」

最後に戻って来たのが、水野真帆《みずのまほ》巡査部長だ。

彼女は強行犯第一係、通称安積班の紅一点だ。安積と組んで動くことが多いが、今日は単独で聞き込みに出ていた。

「犯人が逃走に使った車のナンバーが特定できました。目撃者からの情報です」

安積は言った。

「すぐに手配してくれ」

「了解です」

その約一時間後、須田が静止画像のプリントを持って安積のもとにやってきた。犯人らしい人物が見て取れる。

キャップをかぶり、マスクをしている。

須田が言う。

「同じ画像を、みんなのスマホに送ってあります」

村雨が言った。

「じゃあ、被害者のところに行ってきます」

すでに桜井は立ち上がっている。

彼らが出かけて行ってからしばらくすると、水野がやってきて言った。

「車の持ち主がわかりました。久保田信一《くぼたしんいち》、二十八歳。元暴走族の構成員で、交通課に資料がありました」

「顔写真や現住所があるということだな？」

「はい、それに……」

「それに……？」

「久保田のことは、速水《はやみ》さんが知っていると……」

速水直樹《なおき》警部補は、交通機動隊の小隊長だ。

安積たちがいる東京湾臨海署は、今では立派な庁舎の大警察署になったが、かつてはごく小規模で、庁舎もプレハブに毛が生えたようなものだった。

当時、交通機動隊の分駐署と同居しており、駐車場だけは立派だった。署員も少なく、分駐署といっしょになっていることで、マスコミが「ベイエリア分署」などと呼んでいたものだ。

日本の警察に分署はないが、アメリカのドラマや小説の影響でそんな言い方をしたのだろう。

庁舎が新たに建て直され、東京湾臨海署は大幅に規模も人員も拡張された。だが、昔の名残で今でも交機隊の分駐署が同居しているのだ。

安積は交機隊に電話をかけた。

「速水小隊長を頼む」

しばらく待たされた。

「どうした、係長」

「久保田信一を知っているそうだな」

「水野から聞いたのか」

「話を聞きたい」

「たいしたものだ」

「何がだ？」

「天下の交機隊小隊長を電話一本で呼び出そうというんだから、強行犯第一係長はたいしたものだと言ってるんだ」

速水は安積と同期だった。初任科の頃《ころ》からの腐れ縁というやつだ。

「おまえの軽口に付き合っている暇はない。別にこちらから訪ねてもいいんだ」

「すぐに行く」

電話が切れた。

安積が受話器を置くと、水野が言った。

「交通課で話を聞いていたら、たまたま速水さんが通りかかって……」

「あいつは、用もないのに庁内を歩き回っているんだ」

「本人はパトロールだと言ってますね」

「まあ、それで被疑者についての話が聞けるんだから、パトロールも無駄じゃないということだな」

それから五分後に交機隊の制服を着た速水が現れた。

「久保田信一ってのは、どんなやつだ？」

安積が尋ねると、速水はこたえた。

「ちんけなやつさ」

「大物じゃないんだな？」

「マル走にいるときは、ずっと下っ端だった。その後も定職に就けず、仲間とつるんじゃ小悪党の真似事《まねごと》をやっていたが、ついにそいつらにも見放されたらしいな」

「見放された？」

「強盗傷害は単独犯なんだろう？」

「そうらしい」

「金に困っての犯行だろう。たしか、アパートに一人暮らしだ」

「住所は交通課から入手した」

「俺がおたくの交通課に提供した情報だよ」

「そうだったのか」

「少しはありがたがってもらいたいもんだな」

「無事逮捕できたらな」

「俺はやつのアパートのあたりに土地鑑がある。ウチコミやるなら付き合ってやってもいい」

　安積は驚いた。

「所轄の刑事課の事案に、本部所属のおまえが付き合うというのか？」

「別にいいだろう。警察の仕事に縦割りはいけない」

「おまえがいいと言うのなら、断る理由はないな」

「俺のパトカーに乗せてってやるよ」

「防犯カメラの映像がある。見てくれ」

　須田がノートパソコンを持って近づいてきた。安積の机の上で映像を再生し、速水がそれを覗《のぞ》き込んだ。

　彼は即座に言った。

「久保田信一に間違いないな。体つきや歩き方でわかる」

「すぐに、課長に報告して、逮捕状と家宅捜索の令状を取ろう」

安積は言った。

日が暮れると家宅捜索はできない。翌日の夜明けを待つことになる。

午前四時に東京湾臨海署を出発した。速水が言ったとおり、安積は交機隊のパトカーの後部座席に乗っていた。助手席に速水がいる。

須田、黒木、桜井をアパート周辺に配置し、安積と村雨、水野、そして速水の四人で久保田の部屋を訪ねた。

ここで久保田が逃走を図り、追跡の末に身柄確保、などということになればなかなかドラマチックなのだが、実際にそういうことはあまりない。

このときも、久保田はほとんど抵抗せずに身柄を取られた。そのまま覆面の捜査車両で臨海署に運び、取り調べを始めた。

久保田はあっさりと自供、疎明《そめい》資料とともに送検された。

徹夜で準備をして、夜明け前からの出動だった。安積はかなり疲れていた。係員たちも同様だろう。

後は、相楽《さがら》啓《けい》係長率いる強行犯第二係に任せて、帰宅しようかと考えていた。事件が解決したのだから、榊原《さかきばら》肇《はじめ》課長も文句は言わないだろう。

時計を見ると、十時半になろうとしている。課長に安積班の明け番扱いの要請をしようと思っていると、無線が流れた。

臨海署管内で火事があったという。

相楽係長が安積に言った。

「自分らが行きます」

安積班が強盗傷害事件を解決したので、対抗心を燃やしていたに違いない。相楽係長がやる気満々で出動してくれるというのは、今の安積班にはありがたい話だ。

「頼む」

安積が言うと、相楽班の面々は出かけて行った。

これで帰れなくなったな。

安積はそう思っていた。

相楽班が全員出かけてしまったので、安積班が帰宅したら、強行犯係が空になってしまう。

誰か残していけばいいものを……。

だが、留守番なら気が楽だ。このまま何事もなく、相楽班の帰りを待てばいい。

そう思った矢先、また無線が流れた。

海に死体が浮かんだと言う。

「どこだって？」

安積が尋ねると、村雨がこたえた。

ない。

「江東《こうとう》マリーナ。夢の島ですね」

死体となれば、放《ほう》ってはおけない。寝不足でくたびれ果てているが、行かなければならない。

東京湾臨海署がリニューアルされるときに、かつての水上署を統合したので、海や川も担当することになった。

正確にいうと、京浜港東京区全域の海上と、荒川・中川、隅田川の河口付近が管轄になっている。海で死体が発見されたら、臨海署の仕事となるのだ。

「私と桜井で行って来ます」

村雨が言った。「全員で行く必要はないでしょう」

もっともな意見だ。全員が出かけたら、強行犯は空になる。帰宅を諦《あきら》めた意味がない。

「水野も行ってくれ。あとは待機だ」

水野は鑑識の経験もある。遺体発見現場ならその経験が役に立つだろう。

三人が出かけて行く姿を見て、安積は思った。

事件性がなければいいが……。

仕事が嫌なわけではない。だが、さすがにみんな疲れているはずだ。係員を休ませたかった。

午前十一時になろうとする頃、村雨から電話があった。

「安積だ」

「係長、これ、殺しですね」

安積はそっと溜《た》め息《いき》をついた。

所轄の刑事は徹夜明けでも休めない。

「わかった。すぐに向かう」

安積は電話を切ると、須田に言った。

「水死体は、どうやら他殺のようだ」

須田は、必要以上に鹿爪《しかつめ》らしい顔になってこたえた。

「じゃあ、俺たちも行かなきゃならないですね」

「黒木と先に行ってくれ。俺は課長に報告してくる」

「わかりました」

須田は、椅子《いす》をがちゃがちゃいわせて立ち上がる。黒木は、音も立てずにすでに出入り口に向かっていた。

安積は課長室に行き、榊原課長に告げた。

「江東区の海上に死体が浮かんだという知らせがありました」

「無線は聞いた」

「村雨たちが臨場し、他殺のようだと言っています」

「安積班は明け番扱いじゃないのか？　相楽班はどうした？」

「先ほど、火事を知らせる無線がありました。そちらに臨場しています」

「そうか……」

「強行犯係が空になります」

「わかった。他の係の者にフォローさせる。係長も行ってくれ」

「はい」

安積は、課長室を出て玄関に向かった。

外は暑いのだろうな。そう思いながら、廊下を進む。それほど空調が効いているわけではないが、外よりはずっとましだろう。

暑さはもちろん辛《つら》いが、部下たちの負担を思うと、そちらのほうが辛かった。

現場最寄りの駅はりんかい線の新木場だ。そこから歩くしかない。速水に頼むわけにもいかない。

こういうとき、テレビドラマの刑事たちをうらやましく思う。彼らは、捜査車両を使い放題だ。実際には、所轄の捜査員などなかなか捜査車両を使わせてもらえない。

現場には少しでも早く到着したいし、炎天下を歩くのもうんざりだ。安積は自腹覚悟でタクシーに乗ることにした。

霞《かすみ》が関《せき》の役人たちはタクシーは好きなだけ使えるらしい。それに比べて地方公務員の安積たちは、タクシーを使うことに幾ばくかの罪悪感がある。

車に乗りたいのなら偉くなれ。昔、先輩刑事にそんなことを言われたのを思い出していた。

青い空に青い海。栈橋《さんばし》にはヨットやプレジャーボートが並んでいる。たいていは白い船体だ。

夏の日にマリーナを訪れるのは悪くはない。自分の船があるわけではないが、少しばかりわくわくした気分になる。

しかし、そのいい気分もたちまち消え去った。繫留《けいりゅう》バースのほうに進んでいくと、パトカーや鑑識車両が見えてきた。メタリックグレーのセダンは、おそらく機動捜査隊の車だ。

捜査員たちの姿も見えてくる。出動服にキャップの鑑識係員たちが動き回っている。それを、半袖にカメラマンベストやウエストポーチという恰好《かっこう》の男たちが見つめている。彼らは機動捜査隊員だ。

村雨たち強行犯係員のそばに、鑑識係長がいた。石倉進《いしくらすすむ》警部補だ。

安積は、石倉係長に尋ねた。

「他殺ですって？」

「おう、安積係長。間違いない。絞殺だな。頸部《けいぶ》にはっきりと索条痕《さくじょうこん》が見て取れるし、吉川線《よしかわせん》もある。顔面及び眼球の溢血点《いっけつてん》という絞頸《こうけい》の特徴も残っている」

「被害者の身元は？」

「それを調べるのは、あんたらの仕事だろう。確かなのは若い女だということだな」

「死後どれくらいですか？」

「詳しいことは検視の後だが、海に遺棄されてから半日と経《た》っていないな。遺体はほとんど損傷していないから……」

「犯行は昨夜から未明にかけて、ということでしょうか……」

「検視官が来るだろうから、今ここでうかつなことは言えないが、まあ、俺はそう思うね」

石倉の見立てが外れることは滅多にない。彼が言ったように、じきに警視庁本部の捜査一課から検視官が来るはずだが、おそらく石倉と同じことを言うだろうと、安積は思った。

石倉がキャップを取り、額の汗をぬぐう。

「それにしても暑いな」

「そうですね」

「お、鑑識作業が終わったようだ。待たせたな、係長」

安積は会釈して石倉のそばを離れ、遺体のもとに行った。石倉が言ったとおり、被害者は若い女性だ。

水死体と焼死体はひどい状態のものが多く、刑事泣かせだが、今回はほとんど損傷がなかった。

皮膚はまだふやけていないし、腹腔《ふくこう》内でガスも発生していない。

「おそらく二十代ですね」

水野が言った。

白いショートパンツ、白地にピンクのボーダーのタンクトップという服装だ。裸足《はだし》だった。

「靴かサンダルが付近にないか探してみよう。発見できたら、そこが殺害現場である可能性が高い」

安積が言うと、村雨が即座に返事をした。

「わかりました。機捜に手伝ってもらいましょう」

安積は無言でうなずき、遺体の観察を続けた。長い髪を栗《くり》色に染めている。爪《つめ》は長く、色とりどりのマニキュアが施されている。

見た目に手間と金をかけているのがわかる。

顔立ちは美しい。もしかしたら、美貌《びぼう》を売り物にする仕事をしているのかもしれない。

例えば、水商売とか……。

安積がそんなことを考えていると、須田が声を上げた。

「あれ、この人……」

安積は尋ねた。

「被害者を知っているのか？」

「立原彩花《たちはらあやか》ですよ。グラビアアイドルの」

2

グラビアアイドルと言われてもぴんとこない。安積班でそういうことに詳しいのは、おそらく須田だけだ。

そう思っていると、桜井が遺体を覗き込み、言った。

「本当だ。間違いないですよ」

言われてみれば、グラビア映えのする体形をしているようだ。

村雨が須田に尋ねた。

「有名なのか？」

「その筋ではけっこう……」

「その筋……」

「今はアイドルのカテゴリーも細分化してましてね。グラビアアイドルも、S級からB級までいろいろです。ネットでは、先物買いで、あまり知られていない新人に注目する傾向があるんですが……」

須田の話は長くなる傾向がある。

村雨がそれを遮るように言った。

「マスコミでの扱いはどうなんだ？」

「テレビのバラエティーに出ているわけじゃないので、一般の人にはあまり馴染《なじ》みがないかもしれませんね」

つまり須田は、一般の人にはあまり馴染みがないグラビアアイドルを知っているというわけだ。やはり、あなどれない。

そこに、本部の捜査一課がやってきた。検視官もいっしょだ。その顔ぶれを見て、安積は少々気分が重くなった。

やってきたのは、殺人犯捜査第五係だった。係長は佐治基彦《さじもとひこ》警部で、できればいっしょに仕事をしたくない相手だと、安積は思っていた。

佐治係長が安積たちに言った。

「検視官の到着だ。場所を空けろ」

検視官はたいてい警視だから、安積も何か言われたらそれに従う。だが、佐治に邪魔者扱いされるいわれはない。

むっとした顔を見られるのが嫌で、顔を背けるようにして遺体から離れた。

「安積、久しぶりじゃないか」

そう言われて、安積はその声のほうを見た。声をかけてきたのは検視官だった。

「岡本《おかもと》さんですか……」

「臨海署と聞いて、君に会えるんじゃないかと思っていたんだ」

岡本久則《ひさのり》警視は、安積が目黒署で駆けだしの刑事をやっていた頃に、同じ係にいた。懐かしい先輩だ。

「ご無沙汰《ぶさた》してます」

「元気そうで何よりだ」

佐治係長がそのやり取りを不愉快そうに見ている。安積が検視官と親しげに話をするのが面白くないらしい。

「被害者は二十代の女性です。名前は立原彩花というらしいのですが……」

「身元がわかったのか」

「部下が顔を知っていました」

「顔を知っていた……？」

「いわゆるグラビアアイドルらしいです」

それを聞いて佐治係長が言った。

「グラビアアイドルだって？　マスコミ対策が必要だな……。ところで、本名なのか？」

それは確認していなかった。「わからない」と言おうとしていると、須田が言った。

「ええと……。本名は島谷彩子《しまたにあやこ》ですね。年齢は公式発表で二十八歳。こっちはちゃんと調べる必要がありますね」

芸能人は年齢を詐称していることがあるということだ。

岡本検視官が言った。

「とにかく、ホトケさんを拝ませてもらおう」

遺体の脇《わき》に膝《ひざ》をつき、合掌をする。それから、遺体の検分を始めた。詳しい検視は署などに遺体を持ち帰ってからすることになるが、現場で遺体の状況を観察する必要がある。

岡本検視官は腰を上げると、安積のもとにやってきて言った。

「絞殺だな。殺人事件だ。臨海署に捜査本部を置くことになると思うが……」

「課長に連絡しておきます」

佐治係長が言った。

「現場を見たあと、我々も臨海署に詰めましょう」

岡本検視官がうなずいた。

「私は捜査一課長に報告しておく。できれば、司法解剖したいところだが……」

「そうですね」

佐治係長が言った。「課長も同じ意見だと思います。おそらくマスコミが根掘り葉掘り訊《き》いてきますから、死因等を徹底的に解明しておいたほうがいい」

行政解剖は東京都監察医務院で行うが、司法解剖となると、遺体を法医学教室がある大学病院などに送ることになる。

安積は言った。

「大学も人手不足だし、費用の問題もあって、なかなか引き受け手がないということですが……」

岡本検視官が言う。

「だが、東京はまだ恵まれているよ」

佐治係長が言う。

「引き受け手がいないだって？　グラビアアイドルとなれば、話は違ってくるんじゃないのか」

言いたいことはわからないではないが、不謹慎だと、安積は思った。佐治のこういうところも好きになれない。

岡本検視官が言った。

「司法解剖をしてくれるところが見つかるまで、臨海署の霊安室でホトケさんを預かってくれ」

安積はこたえた。

「わかりました」

佐治が言った。

「オロクを運んだら、周囲の聞き込みだ。それが終わったら、臨海署に集合だ。上がりは、午後八時だ」

オロクもホトケさんも遺体のことだ。

今夜も長い夜になりそうだ。

安積は思った。昨夜も寝ていない。だが、文句は言えない。これが所轄の刑事だ。

「今、履き物を探しています」

安積が言うと、佐治が聞き返した。

「履き物？　何のことだ？」

安積は遺体を指差して言った。

「ホトケさんは裸足です。靴もサンダルも履いていません」

「水死体だろう。どこで遺棄されたかわからないんだ。履き物がこのあたりにあるとは限らない。探すだけ無駄じゃないのか」

そのとき、一人の機捜隊員が安積に近づいてきて言った。

「サンダルが見つかりました」

佐治はとたんに渋い顔になった。

安積は機捜隊員に尋ねた。

「どこにあった？」

「あの船の甲板です」

「船の甲板……？」

純白に塗られたプレジャーボートだ。船体には、『ABRASADOR』の文字が見て取れた。

「アブラサドールと読むのかな」

安積がつぶやくと、須田が言った。

「スペイン語みたいですね。調べておきます」

「持ち主も調べるんだぞ」

「ええ、もちろん、わかってます」

佐治が言った。

「そのサンダルの持ち主が被害者とは限らないぞ」

「調べればわかることです。署に持ち帰りますよ」

「ちょっと待て。船の所有者の許しを得ずに勝手に持ち去ると、窃盗になるぞ」

安積はこの言葉に驚いた。

「遺体発見の現場で見つかった証拠品ですよ。今持ち帰らずに、証拠湮滅《いんめつ》されたらどうしますか」

「法的に落ち度がないようにしろと言っているだけだ」

「持ち主が判明したら、ちゃんと手続きをします」

佐治はそれにこたえず、自分の部下たちに言った。

「聞き込みだ。防犯カメラを探して映像を入手しろ」

捜査一課の捜査員たちは散っていった。佐治も安積から離れて行った。

岡本検視官が安積に言った。

「じゃあ、私は本部に引きあげて捜査一課長に報告する」

「わかりました」

「後で捜査本部に顔を出すかもしれない」

「そうしていただけると助かります」

岡本検視官はかすかな苦笑を浮かべて言った。

「佐治は頑固なやつだから、苦労するかもしれないな」

「慣れています」

岡本検視官は笑い声を上げてから、歩き去った。

その後ろ姿を見送っていると、須田が言った。

「アブラサドールは、やっぱりスペイン語でした。焼け付くように熱いとかいった意味ですね」

「それが船の名前なのか？」

「あと、炎天下のことを言うようです。真夏の暑さを思って、船の名前にしたんじゃないですか？」

「持ち主は？」

「これからマリーナのフロントに行って訊いてきます」

「頼む」

須田がよたよたと駆けて行く。それを追い越さないように、慎重にペースを抑えた様子で黒木が続いた。

村雨が言った。

「昨日も徹夜で、今日から捜査本部じゃ、こたえますね……」

何気ない一言だが、彼が言うと苦情なのではないかと感じてしまう。その思いをなるべく顔に出さないようにしながら、安積は言った。

「昨日から捜査本部があったと思えばいいだけのことだ」

村雨はにこりともせずに言った。

「そうですね」

「じゃあ、俺たちも聞き込みだ。須田たちが向かったのはマリーナのオフィスなどが入っているビルだな？」

安積は白い建物を指差した。村雨がうなずいた。

「ええ、マリンセンターというらしいです」

「俺たちもまずそこに行ってみよう。きっと冷房が効いている」

「わかりました」

冷房についてのコメントはなかった。

マリンセンターの中は、実に快適だった。

「あ、係長……」

須田が安積に気づいて、黒木とともに近づいてきた。

「アブラサドール号の持ち主がわかりました。驚きましたよ。柳井《やない》武春《たけはる》ですよ」

そう言われても、安積にはまったく何のことかわからない。

「何者だ？　有名人なのか？」

「芸能界の実力者です。プロダクションサミットって、係長も聞いたことあるんじゃないですか？」

「プロダクションサミット？　いや、聞いたことがあったとしても、興味がないので何のことかわからない」

「サミットグループというのがありましてね。逆らったら、芸能界では生きていけないと言われています」

そんな話を聞いたことがあるような気もする。

「事務所を移籍したら、まったくテレビに出られなくなったという話を聞いたことがあるな」

「それです。その頂点にいるのが、柳井武春です」

「あのプレジャーボートの持ち主だというのは間違いないな？」

「間違いありません」

「話を聞きに行く必要があるな」

とたんに須田は、滑稽《こっけい》なほど真剣な表情になった。

「あの柳井武春に会うんですか？　緊張しますね」

「たいていは、刑事に訪問される側が緊張するんだ」

「でも、相手が相手ですから」

「芸能界の大物かもしれないが、我々にとっては関係ない。俺は芸能人じゃないからな。仕事をもらえなくなる心配もない」

「そりゃそうですけど……」

「殺人の捜査なんだから、別にこちらが気後れする必要はない」

「わかりました、ええ、そうですね、係長。それで、今すぐに向かいますか？」

「本人はどこにいるかな？」

「事務所は赤坂です」

話を聞いていた村雨が言った。

「係長がいらしてください。こちらの聞き込みは私たちがやっておきますから」

安積は水野に言った。

「いっしょに来てくれ。後の者は、聞き込みの後、佐治係長が言ったとおり、午後八時に上がりだ」

村雨がみんなを代表してこたえた。

「わかりました」

新木場駅まで歩きながら、安積は水野に尋ねた。

「須田が言っていた人物を知っているか？」

「柳井武春ですね。有名ですから……」

「芸能界に関係がない人でも知っているのだろうか」

「どうでしょう。私は、一年前の石黒雅雄《いしぐろまさお》の件で知りました」

「石黒雅雄……。覚醒剤《かくせいざい》で捕まったときだな」

「はい。彼がサミット系列のプロダクション所属でしたから……」

石黒雅雄は、有名なベテラン歌手で俳優でもある。年齢は五十歳。一年ほど前、覚醒剤の所持と使用で逮捕され、臨海署に留置されていた。

そのときは、マスコミが連日署の周りを取り囲み、閉口した。結局、石黒雅雄は初めての検挙だったこともあり、起訴猶予になっている。

大きな声では言えないが、見せしめの逮捕の要素が強い。麻薬・覚醒剤の取り締まりでは、こうした見せしめが必要だと考えられている。

安積は言った。

「そうか。石黒雅雄はプロダクションサミットだったのか」

「いえ、サミットからのれん分けした個人事務所だったそうです。名前はブラックロックプロ」

「石黒雅雄は、薬物関係だから、生安課の事案だったんじゃないのか？」

「本部から回ってきた事案だったんです。検挙したのは、麻布署だったんですが、施設が新しくて留置場の環境が整っているということで、臨海署に留置することになりました」

言われて安積も思い出してきた。

「そうだったな。とにかく、あのときは署全体がてんやわんやだった」

「あのとき、警視庁本部や検察庁に柳井武春が交渉を持ちかけたという噂《うわさ》が立ちました」

「芸能プロダクションの社長が交渉したからといって、どうにかなるもんじゃない」

「それでも影響力を発揮しようとする……。柳井武春はそういう人物なんです」

「なるほど……」

予備知識として重要なことだと安積は思った。

水野がプロダクションサミットの位置をスマートフォンで調べた。住所は赤坂だが、赤坂駅などより六本木駅のほうが近いことがわかった。

新木場から東京メトロ有楽町線で月島まで行って都営大江戸線に乗り換える。六本木のミッドタウン近くの出口から出れば、最短距離だ。

地下鉄の駅や電車の中の冷房で救われた気分になる。昔、地下鉄の冷房化は不可能だと言われていたそうだ。技術の進歩はありがたいものだ。

プロダクションサミットは、思ったよりも小規模だった。もっとも、芸能プロダクションなどは、電話一つあればできると言われている。

受付もない。水野が腰の高さのロッカー越しに、一番近くにいた女性社員に声をかけた。

「警視庁臨海署の水野と言います。柳井社長にお会いしたいのですが……」

三十代半ばの女性社員は事務的に尋ねる。

「お約束ですか？」

「いいえ」

「では、ご案内しかねますが……」

安積は言った。

「殺人事件の捜査なんです。ご協力いただけますか」

「殺人事件……？」

女性社員が険しい表情になる。「どういうことでしょう……」

「ご本人に話をうかがいたいのです」

「……と言われましても……」

おそらく彼女にとっては、この世で柳井武春が一番偉く畏《おそ》れるべき人物なのだろう。身近にいると、どうしてもそういうことになる。

一方、安積たちにしてみれば、殺人事件が何より重要なのだ。こうした見解の相違は、たいてい平行線で交わることはない。

安積は言った。

「ご協力いただかないと、令状を取ってきて強制捜査をすることになりますが……」

女性社員は、ようやく事態が呑《の》み込めたという様子で言った。

「少々お待ちください」

彼女は、上司らしい男性の席に行き、何事か話をしていた。今度はその男性がやってきた。四十代後半だろう。背広を着て髪をきちんと整えている。

芸能プロダクションの従業員は、もっとラフで派手な恰好をしているものと思っていた。少し認識を改めなければならないと、安積は思った。

「殺人の捜査ですか？」

「はい。柳井さんにお会いして、お話をうかがう必要があります」

「任意の聴取に応じなければ、強制捜査をすると言ったそうですね。それは脅迫になりますよ」

芸能界にいると、法的なことに詳しくなるらしい。契約問題だけでなく、さまざまな揉《も》め事《ごと》があるのだろう。

安積は言った。

「脅迫ではありません。事実を申し上げているだけです」

相手の顔色が少し変わった。

3

「では、まず私がご用件をうかがいましょう」

　相手の男が言った。緊張した面持ちだが、簡単に柳井に会わせるわけにはいかないという覚悟が見て取れた。

　だが、こちらも引くわけにはいかないと、安積は思った。

「あなたは？」

「総務課長の金本《かねもと》と言います」

「フルネームをお願いします」

「金本久司《ひさし》です」

「金本さん。これは普通の仕事の面会とは訳が違うんです。すぐに、柳井さんに会わせていただきます」

「ですから、ご用件を……」

「それは本人に伝えます」

　それが話を聞くときの原則だ。第三者に余計なことを言うと、大切な証言を聞けなくなったり、証拠を湮滅《いんめつ》される恐れがある。

「いくら警察だって、アポもなしにいきなりやってきて会わせろなんて……」

「今後また、警察と関《かか》わりになるかどうかはわかりませんが、参考までにお教えします。警察が聞き込みに来るのにアポなどは取りません」

「柳井は何か疑われているということですか？　だとしたら、弁護士をまず呼ばないと……」

安積はうんざりしてきた。寝不足で疲れており、こらえ性がなくなっている。

「すぐに取り次ぐか、私たちを追い出すか、どちらかを選んでください。前者を選べば、話はすぐに済みます。後者を選んだ場合、いったん引きあげますが、今度は令状を持ってやってきます。そうなれば、否応《いやおう》なしに身柄を拘束させていただきます。かなり面倒なことになりますよ」

金本の顔色がさらに悪くなった。彼はしばらく考えていたが、やがて言った。

「しばらくお待ちください」

彼は事務所の奥にあるドアをノックし、そのドアの向こうに消えた。

ドア越しに何やら大きな声が聞こえてきた。どうやら、金本が怒鳴られているようだ。怒鳴っているのは、柳井だろう。

大声を上げているのは聞こえるが、何を言っているのかはわからなかった。

金本が出てきて、足早に安積に近づき、告げた。

「十分だけなら、話ができると……」

「けっこうです」

「では、こちらへどうぞ」

奥の部屋に案内された。金本は緊張しきっているが、安積は平気だ。

社長室らしい部屋は、思ったよりずっとシンプルだった。両袖《りょうそで》の机があり、その前に応接セットがある。

机の向こうに、ワイシャツにネクタイ姿の男性がいた。年齢はすでに七十歳くらいだろう。

思ったより小柄に感じた。オールバックにした髪は白いものが混じってはいるが、年齢にしては黒々している。

「警察が何の用です？」

男は座ったままだ。そして、安積と水野は立ったままだった。

安積は尋ねた。

「柳井武春さんですね？」

「そうです」

「島谷彩子さんをご存じですね」

柳井は一瞬怪訝《けげん》そうな顔になった。

「タレントを本名で呼ばれることは少ない。何があったんですか？」

「お亡くなりになりました」

柳井はつぶやくように聞き返す。

「亡くなった……？」

「はい。今日の午前中に遺体で発見されました」

次第に柳井が戸惑った表情になる。ようやく事態を把握できたらしい。

刑事をやっていて、こういう反応に出会うのは珍しいことではない。親しい人が亡くなったと告げると、たいていは何を言われたかわからないような顔をされるのだ。

「待ってくれ。どういうことです？　遺体で発見された？　いったい何があったんです？」

質問するのは警察の側だということを、一刻も早くわからせなければならない。そのためには、相手の質問にこたえず、質問をすることだ。

安積は言った。

「島谷彩子さんとは、どういうご関係ですか？」

「タレントと事務所の社長という関係です」

「クルーザーをお持ちですか？」

「持っています」

「アブラサドール号という船名ですね？」

「そうです」

柳井が眉《まゆ》をひそめる。「船がどうかしたんですか？」

「アブラサドール号は、どこに繋留《けいりゅう》してありますか？」

「江東マリーナだが……」

柳井は腹を立てた様子だった。「船がどうしたと言うんです。何があったかと訊《き》いてるんだ」

普段、自分に逆らったり、質問にこたえないような人物が周囲にいないのだろう。

安積はこたえた。

「島谷彩子さんは、殺害されたと見られています。遺体の発見場所は、今あなたが言われた江東マリーナです」

「殺害された……。遺体が江東マリーナで……？」

柳井は厳しい表情になった。もともと眼光が鋭いが、いっそうその印象が強まった。

「そして、殺害される前に履いていたと思われるサンダルが、アブラサドール号の甲板で見つかっているんです。これはどういうわけですか？」

「それは、こちらが訊きたいですね。船の甲板でサンダルが見つかったですって？」

安積は、質問する側に徹することにした。

「島谷さんは夜間から未明にかけて、アブラサドール号の甲板にいた可能性があるのですが、その理由に心当たりはありませんか？」

「夜間から未明……？　昨夜から今朝ということですか？」

「そうです」

「まったく心当たりはありませんね」

「島谷さんは、アブラサドール号があなたの船だということを、ご存じでしたね？」

「ええ。知っていました。乗せてやったことがありますから」

「それはいつのことですか？」

「さあ、いちいち覚えてませんね」

「何度くらい？」

「なに……？」

「何度くらい島谷さんを船に乗せたのですか？」

「覚えてないですね」

「覚えていない……。それは覚えられないくらいに何度も乗せたということですか？」

柳井は苛立《いらだ》たしげに言った。

「そう思ってもらってもいい。何人かで釣りに出かける。そういう際に彼女が参加することがけっこうありましたから」

「二人きりで船に乗られたことは？」

柳井は大きく溜《た》め息《いき》をついた。

「なかったと思いますね」

「確かですね？」

「ええ」

「彼女は夜中にアブラサドール号に乗っていたようですが、繋留している船には、誰《だれ》でも近づけるのですか？」

「いえ、メンバーでないと入場できないはずですね」

「メンバーは入場できるんですね？」

「はい。メンバーズカードによって、二十四時間いつでも出入りできます」

「それ以外の人は出入りはできないんですね？」

「カードがないと、桟橋《さんばし》ゲートを通れません」

「では、島谷さんはどうして船に乗れたのでしょう？」

「さあ……。どうしてでしょう。私には見当もつきません」

表情が読めない、と安積は思った。

刑事は実践的な心理学者だ。微妙な表情の変化や些細《ささい》な仕草から、さまざまなことを読み取ることができる。

安積もその自信があった。だが、その安積でも柳井の表情を読むことができない。

島谷が死んだと聞いた瞬間は、たしかにうろたえていた。だが、すでに柳井は立ち直っているようだった。

第一印象は、ただの高齢者だった。だが、話をしているうちに、徐々に印象が変わってきた。

威圧感がある。鋭い眼光のせいだろう。そして、独特の話し方も影響している。決して声を張るわけではなく、静かに話しているのだが、何かを命じられたら逆らえないような迫力を感じる。

安積は、仕事上似たような雰囲気の連中をよく知っている。ヤクザの大物だ。

柳井が暴力団と関わりがあるかどうか、調べてみないとわからない。だが、須田や水野が言うとおり、芸能界に強い影響力を持っているのだとしたら、暴力団と無縁とは思えない。

芸能界と暴力団は、切っても切れない縁があるのだ。それは、いい悪いの問題ではなく、昔からそういうものなのだと安積は思っている。

相手が暴力団員なら、安積のほうにもやり方がある。だが、柳井は暴力団員ではないだろう。似たような雰囲気を持っているというだけで、同じように扱うわけにはいかない。

「昨日の夜から今朝にかけて、どこで何をしてましたか？」

この質問をすると、相手はたいてい嫌な顔をする。アリバイを聞いているのが明らかだからだ。つまり、自分が疑われているのではないかと思うわけだ。

それを意図する場合もある。相手にプレッシャーをかけるのだ。

だが、今回はそうではない。単純にアリバイを確認しただけのことだ。

柳井が言った。

「自宅にいましたよ。帰宅したのは、午後八時頃です」

「それを証明してくれる人は？」

「家族と運転手ですね。家族の証言は認められないんでしたっけ?」

「場合によります」

「昔は、朝まで飲むことも珍しくはなかったんですが、さすがに年ですね。飲みに行くこともめっきり減りました」

「ご家族の構成は?」

「妻と二人きりですよ。あいにく子宝に恵まれませんでね……」

「では、昨夜は奥さんと一緒だったということですね?」

「そうです」

「運転手の方のお名前と連絡先を教えてください」

「名前は、白木《しらき》達彦《たつひこ》。年齢は二十五歳。連絡先は総務課長の金本に訊いてください」

「島谷さんと近しかった方にお話をうかがいたいのですが……。マネージャーの方とか……」

「ああ……。立原彩花は、うちの事務所じゃないんです。系列のEZプロダクションで面倒を見てました」

「イーゼットプロダクション……?」

「アルファベットのEZです。のれん分けみたいなもんですね。場所はこの近くです」

「所在地を教えてもらえますか?」

「それも、金本に訊いてください。彼に訊いたほうが正確なことがわかります」

「先ほど、島谷さんとの関係をうかがったとき、あなたは、タレントと所属事務所の社長の関係だとおっしゃいましたね。だが、彼女はこの事務所所属ではないのですね。もう一度質問します。島谷さんとあなたはどういう関係ですか?」

柳井はこたえた。

「タレントと、その事務所の関係者です。EZプロダクションは、わがプロダクションサミットの傘下ですから」

「子会社とかの資本の関係があるんですか?」

「いえ、経営的には独立していますが、所属タレントや歌手のCDの原盤権や出版権をわが社が持っていたりといった関係があります」

「原盤権……?」

「CDには、原盤権や出版権といった権利があるのです。原盤権というのは、要するにCDをプレスする権利です。大きな権利ですが、その代わり製作費をすべて負担するのが一般的です。出版権は、楽曲についての権利です」

「そうした権利は大きな収入源になるのでしょうね」

「昔はそうでしたね。でも今はCDも売れないし、電子配信もぱっとしません。若い人は音楽はネットでただで聴くものだと思っていますからね。時代は変わりました」

安積は、水野を見た。何か訊きたいことはあるかと無言で尋ねたのだ。水野はかぶりを振った。

安積は礼を言って社長室をあとにした。

総務課長の金本に、運転手の白木の連絡先とEZプロダクションの所在地を訊いた。そして、プロダクションサミットを出ると、すぐにEZプロダクションに向かった。柳井が言ったとおり、EZプロダクションは、プロダクションサミットから歩いて五分ほどの場所にあった。

こちらは、プロダクションサミットよりもさらに小さな会社だった。女性社員が応対した。

「島谷彩子さんのマネージャーの方にお会いしたいのですが……」

「島谷……？　ああ、立原ですね？　失礼ですが……」

「警視庁東京湾臨海署の安積といいます。こちらは水野」

二人は手帳を開いて、バッジと身分証を提示した。

「お待ちください」

彼女はフロアの奥にいる女性に声をかけた。その女性が安積たちに近づいてきた。

三十代前半だろう。グレーのパンツスーツを着ている。ここでも、芸能界のイメージが覆された。現場のマネージャーはもっと派手な服装をしていると思っていたのだ。

彼女は、顔色が悪かった。

「警察の方ですか？　立原と連絡が取れないのですが、何かあったのでしょうか」

安積は事務的に言った。

「島谷さんは、遺体で発見されました」

マネージャーの動きが止まった。表情も固まったままだった。安積はしばらく待つことにした。

衝撃が去らないと話もできない。

しばらくして、彼女が言った。

「遺体って……。あの、間違いないんですか？」

「まず、お名前をお聞かせいただけますか？」

「宮坂早紀《みやさかさき》です」

安積は、スマートフォンの中にあった遺体の顔写真を提示した。

「確認していただきたいのですが……」

宮坂早紀は画面を覗《のぞ》き込むと、さらに顔色が悪くなった。まさか、卒倒はしないだろうなと、安積は案じた。ショックのあまり、意識を失う例も経験がある。

「間違いありません」

宮坂早紀が言った。「立原です。服装にも見覚えがあります」

「島谷さんのマネージャーをされていましたね？」

「はい」

「連絡が取れないということでしたが、いつからですか？」

「今朝から、電話にも出ないし、LINEも既読にならないので……」

「最後に連絡を取ったのはいつのことですか？」

宮坂早紀は携帯電話を取り出した。通話の履歴を安積に示して言った。

「昨日の午後五時三分です。スケジュールの打ち合わせで電話しました。今朝は、予定の修正があったので連絡していたんですけど……」

「昨日電話で話をしたときに、何か変わった様子はありませんでしたか？」

「いえ、特に変わったことは……」

「島谷さんの遺体は、江東マリーナで発見されました。繋留バース付近の海面に浮かんでいたのです。そして、彼女のものと思われるサンダルが、プロダクションサミットの柳井さんが所有するプレジャーボートの甲板から発見されました。それについて、何か心当たりはありませんか？」

「プレジャーボート……？」

宮坂早紀は一瞬、戸惑ったような表情を浮かべた。慌ててそれを打ち消すように、考え込むような様子を見せ、彼女は言った。「いえ、心当たりはありません」

「犯行は、夜間から明け方にかけてだと思われますが、そんな時間に柳井さんの船を訪れた理由は何だったのでしょうね？」

宮坂早紀は首を捻《ひね》った。

「さあ、立原は何も言ってませんでしたから、私にはわかりません」

島谷彩子と柳井の関係について追及したかった。だが安積は、いったん話題を変えることにした。

「島谷さんが、何かのトラブルに巻き込まれていたというようなことはないでしょうか」

宮坂早紀は、かすかにほっとしたような表情を浮かべたように、安積には見えた。

「いいえ、トラブルとかはなかったですね」

「男女間のトラブルも、金銭的なトラブルも、仕事上のトラブルも、何もですか？」

「はい。私の知る限り、トラブルはありませんでした」

「誰かに怨《うら》まれるようなことは？」

「彼女は他人に怨まれるような人じゃありません」

彼女は過去形で言わなかった。まだ、島谷彩子が亡くなったという実感が持てないのかもしれない。

安積はうなずいてから言った。

「島谷さんと柳井さんは、どういった関係なのでしょう？」

「は……？」

不意をつかれたように、宮坂早紀は目を丸くした。だが、当然この質問は予想していたはずだ。おそらく、この驚きの表情は演技だと、安積は思った。

「立原と柳井社長の関係ですか？　タレントと芸能事務所の社長という関係です」

「しかし、柳井さんは島谷さんの所属事務所の社長ではありません」

「うちの社長は、サミットから独立したんです。その後も、柳井社長からは何かと面倒を見ていただいております」

「しかし、柳井さんは島谷さんを直接担当されているわけではありませんよね」

「立原を見つけてきたのは、柳井社長なんです。その後、うちの社長に預けることになって、ＥＺプロダクションでマネージメントをするようになったんです」

「どうして、サミットではなくこちらでマネージメントをすることになったのでしょう」

「うちは、グラビアとかが得意なので、そういうことになったのだと思います」

「なるほど」

安積は言った。「では、こちらの社長のお話もうかがいたいのですが……」

「ちょっとお待ちください」

宮坂早紀は、フロアの一番奥の席に向かった。そこには、安積と同じくらいの年齢の男性がいた。クリーム色のスーツにネイビーのシャツ。そして、赤いネクタイだ。

芸能界はこうでなくちゃな……。彼の服装や髪型を見て、安積はそう心の中でつぶやいていた。

4

その男が、安積と水野に近づいてきた。

「立原彩花が死んだというのは本当ですか？」

「あなたは？」

「社長の花岡《はなおか》です。花岡光則《みつのり》といいます」

彼は、宮坂早紀に言った。「おい、机から俺の名刺を持ってきてくれ」

彼女が名刺を取りに行き、戻って来ると、安積と水野はそれを受け取った。

安積は名乗り、水野を紹介した。

「彩花は殺されたんですか？」

安積はどうしようか一瞬迷ってからこたえた。

「その疑いもあると考えて捜査をしています」

「それで、彩花の遺体は今どこに……」

「臨海署の霊安室です」

「会いに行けますか？」

「遺族の方でないと……」

「我々は家族も同然なんです」

「考えてみましょう。これは、宮坂さんにもうかがったことですが、島谷さんは何かトラブルを抱えてはいませんでしたか？」


「私の知る限りでは、そういうことはありませんね。現場のことはすべて宮坂に任せておりますし……」

　安積は、島谷彩子の遺体が発見された状況について説明し、質問した。

「もし、島谷さんが、夜間に柳井さんが所有される船を訪ねたとしたら、その理由は何だと思いますか？」

「その島谷というのは、ちょっと違和感があるな……」

　花岡がぽつりとつぶやいた。安積は聞き返した。

「何です？」

「あ、すいません。私らは普段芸名で呼んでいますんで、本名を言われてもぴんとこないんですよ。事務所にとって、彼女はあくまで立原彩花なんです」

「警察は本名を呼びます」

「わかりました。ええ、そういうものなんですね」

「質問にこたえていただけますか？」

「柳井さんの船を訪ねた理由ですか？　私にはわかりませんね」

「島谷さんは、柳井さんが見つけてきたとうかがいましたが……」

「そうですね。ショートパンツとタンクトップの制服で話題になった飲食店でバイトしている彩花に、柳井社長が声をかけたのがきっかけだと聞いています」

「お二人は何か特別な関係だったのですか?」

「特別な関係……?」

「夜に船を訪ねるというのは、何か特別な関係があると考えられますが……」

「そうですか? 別に特別な関係でなくてもそういうことはあると思いますが……」

安積はもう一度同じ質問をした。

「島谷さんと柳井さんは特別な関係だったのですか?」

「そんなことはないと、私は思います」

安積はうなずいてから、さらに質問した。

「島谷さんが、誰かから怨みを買っていたというようなことは……?」

ふと花岡の肩から力が抜けたように、安積は感じた。

「いや、怨みなど買うはずがありませんね」

安積は水野を見た。水野が花岡に言った。

「グラビアアイドルなどをしていると、熱心過ぎるファンが時折問題になるんじゃないですか?」

「ええ。ストーカーまがいの勘違いなファンが問題になることもありますね。でも、彩花の場合は、ちゃんと管理できていました」

　水野が安積を見てうなずいた。質問は以上だという意味だ。

　安積は、花岡と宮坂に言った。

「お忙しいところ、お邪魔しました。ご協力に感謝します。また来るかもしれませんが、そのときはよろしく……」

「また来る……？」

　花岡が不安げに言った。「この事務所の誰かを疑っているということですか？」

「確認しなければならないことが出てきたら、またお邪魔しなければなりません。では、失礼します」

　安積はそう言って、水野とともにＥＺプロダクションを出た。

　通りを歩きながら、水野が言った。

「宮坂早紀も花岡光則も、隠してますね」

　安積は、念のため周囲を見回してから言った。

「柳井社長と被害者の関係だな」

「はい。その話題になると、二人とも明らかに緊張しました」

　安積はうなずいた。

「とにかく、署に戻って、情報通に意見を聞いてみよう」

「須田君ですね」

「そうだ」

二人は地下鉄の駅に向かった。

臨海署に戻ったのは、午後二時十分頃のことだった。安積はまず、榊原課長に戻ったことを報告した。

榊原課長が言った。

「講堂で、捜査本部の準備が始まっている。捜査一課の連中はそちらに詰める予定だ」

「上がりが八時だと言われましたので、その時間には我々もそちらに移動します」

「そうしてくれ」

安積は強行犯第一係の席に戻った。水野も席に着き、ノートパソコンに向かっている。プロダクションサミットとEZプロダクションでの聞き込みの結果を文書にしているのだろう。

午後六時過ぎに、村雨、桜井、須田、黒木の四人が戻って来た。

安積は村雨に尋ねた。

「その後、何かわかったか?」

「柳井社長は、いろいろな人を船に誘って乗せるのが好きなようですね。そういう客の中に、島谷彩子もいたということです。マリンセンターの職員が彼女を目撃しています」

「それはいつのことだ?」

「日時は特定できませんでしたが、一度や二度ではなかったようです。職員たちは、よく彼女を見かけたと言っていました」

それは、柳井の証言とは矛盾していないだろうか。安積は考えた。

矛盾しているとは言い切れないが、印象が違う気がした。

柳井社長は、島谷彩子と船に乗るとき、他にも客がいたことを強調していた。だが、それは彼女との特別な関係を否定することにはならない。

村雨がさらに言った。

「メンバーズカードがあれば、二十四時間いつでもマリーナに入場できて、出航も可能なんだそうです。メンバーズカードには、三種類あります。オーナーカード、共同オーナーカード、そしてクルーカードの三種類です。契約すると、この三枚は無料でもらえます。そして、四枚目以降は一枚五千円で作れるということです」

これは柳井も言っていたことだ。

安積は尋ねた。

「島谷彩子はそのカードを持っていたのだろうか」

「それはまだ確認できていません。契約者が誰にカードを渡すかは、マリーナでは把握できませんから」

「確認を取ってくれ」

「わかりました」

安積は須田に尋ねた。

「そっちはどうだ？」

「いや、船のことをマリンセンターで調べた後は、これといってありませんね」

「ちょっと訊きたいんだが……」

安積が言うと、須田はいつものように、必要以上に深刻な表情になって言った。

「何です、係長」

「おまえ、もしかして、柳井と島谷彩子の関係について何か知らないか？」

「え？　係長は知らないんですか？」

「どういうことだ？」

「島谷彩子は、柳井社長の愛人だって噂《うわさ》、聞いたことありませんか？」

「俺は知らない。村雨、知っているか？」

「いや、私も知りませんね」

「ほら、そういうことを知っているのは、ごく一部の人なんだ」

「たしかに、関心がない人にとっては、どうでもいいことですよね」

「普通なら、俺はそういうことには関心がない。だが、今回はそうも言っていられない。なにせ、島谷彩子は殺害され、柳井社長の船が繫留されている場所のすぐそばに遺体が浮かんでいた。そして、サンダルがアブラサドール号の甲板から見つかっているんだからな」

「ええ、そうですね」

須田が秘密を共有するような表情になる。安積は言った。

「島谷彩子が柳井の愛人だというのは、確かな話なのか？」

「いえ、ただの噂です。でも、火のないところに、煙は立たないですよ」

「芸能界ではそうでもないだろう。その世界に近いマスコミたちは、『毎日スキャンダルを求めている。火のないところにも、煙を立てるのがやつらだ』

須田が言った。

「確かなネタを握っている者がいないか、当たってみます」

「柳井は、島谷彩子と特別な関係だということを否定した。そして、彼の周辺にいる人たちはおそらく、その事実を隠そうとしている」

須田が言った。

「周囲の人は、口が裂けても言わないでしょうね」

「柳井の影響力か？」

「ええ。みんな命が惜しいでしょうからね」

「命が惜しい……？」

「プロダクションサミットと揉《も》め事《ごと》を起こすと、必ず死ぬと言われています。柳井が命じて消すのだと言っている人がたくさんいます」

「たくさんいる？」

「ええ。多くはネット上での発言です。ネットはある程度匿名性を確保できますから……」

つまり匿名なので、何でも好き勝手に書き込むことができる、ということだ。

「いくらネットでも、消すというのはあまりに無責任な書き込みじゃないのか。死人が出たら警察が捜査するわけだし、本当に柳井がそれを命じたのだとしたら、罪を問われないはずがない」

須田はいっそう重要なことを話すような表情になって言った。

「柳井は暴力団と深い関係にあると言われています。柳井が直接手を下す必要はなく、暴力団がやるわけです。彼らはやり方を心得ているので、事故死や自殺に見せかけて消すのです」

「だとしても、警察の眼《め》は節穴じゃない」

「きっと殺害の方法が巧妙なんですよ。そういうのに慣れた連中を使うんです。そして、柳井の影響力は警察にも及んでいるんです」

安積はあきれて言った。

「おい、そんなことがあるはずないじゃないか」

「いや、わかりませんよ。柳井は大きな力を持っていますから……」

これが須田の持ち味でもある。つまり、およそ刑事らしくないのだ。まったく村雨と対照的だ。

見た目もそうだが、考え方が刑事とは思えない。それが意外な発想を呼ぶことがある。

「大きな力と言っても、所詮《しょせん》芸能界の中だけのことだろう」

「芸能界の中だけと言いますけどね、係長、芸能界はマスコミと通じています。芸能界で大きな力を持っているということは、マスコミに対して大きな影響力があるということなんです。そして、マスコミに影響力があるということは、社会全体に影響力があるということなんですよ」

須田の言うことはわからないではない。

インターネットが何かと取り沙汰《ざた》される世の中だが、それでもテレビや新聞の影響力はいまだに大きい。

そして、柳井はたしかにテレビやスポーツ新聞に対してそれなりの力を持っているはずだ。

だからといって、殺人教唆《きょうさ》が放置されるはずがない。須田が言っていることは、おそらくネットの住人たちの妄想の類《たぐい》に違いない。

須田がさらに言った。

「本当に殺人をしなくてもいいんです」

「どういうことだ？」

「例えば、トラブルがあって誰かが自殺したとしますよね。そういうのを利用するわけです。あたかも自分が消したように周囲に思わせる。すると、周囲が勝手に伝説を作ってくれるわけです」

「そういうことなら、納得できないこともない」

「でも、本当に消していると、俺は思いますけどね」

安積は、柳井に暴力団員と似たような雰囲気を感じたことを思い出していた。だが、芸能界では珍しいことではないだろう。

須田の言うことは、やはり妄想だと思わざるを得ない。

安積は須田に言った。

「重要なのは、柳井と島谷彩子の関係だ。それを洗ってくれ」

なぜか須田はうれしそうな顔になって言った。

「わかりました、係長」

村雨が言った。

「さらにマリーナの従業員を当たれば、二人の関係が明らかになるかもしれません」

さすがに村雨は現実的だ。

「そっちは、村雨と桜井でやってくれ」

「了解しました」

安積はふと、強行犯第二係のほうを見た。

相楽係長以下全員の服が汚れていた。火事場の現場検証のせいだ。相楽が安積のほうを見て、二人の眼が合った。

すると相楽は席を立って近づいてきた。

「自分らが火事場に出かけた後に、遺体発見の無線ですって？」

「そうだ。昨日は徹夜だったんで、今日は帰りたかったんだがな……」

「殺人ですね」

「検視官はそうだと言っていた」

「捜査本部ができますね」

「捜査一課からは、佐治係長の殺人犯捜査第五係が来ている」

「知っています。さっき会いましたから……」

かつて、相楽は佐治の部下だった。警視庁本部から所轄に来たのだが、平の刑事から係長になったのだから、左遷ではない。

だが、おそらく相楽は警視庁本部に戻りたいと思っているに違いないと、安積は思った。

「そうか」

「捜査本部を手伝えと言われました」

「無線を受けたのが第二係だったら、当然そうなっていただろうがな……」

「態勢の問題だと思います」

「どういうことだ？」

「捜査本部が二十人ほどの態勢なら、強行犯第一係だけで済みますが、五十人とかそれ以上の態勢となると、当然第一係だけじゃ足りなくなります」

安積は考えた。

「そうだな。だが、それは俺たちが考えることじゃない。課長とか署長とかが考えることだ」

「きっと我々も参加することになると思いますよ」

佐治が何か画策しているということだろうか。そうだとしても、別にかまわないと安積は思った。事件解決のためには人数が多いほうがいいに決まっている。

「もしそうなったら、よろしく頼む」

安積が言うと、相楽はうなずいて席に戻って行った。

安積たちが殺人事件を担当することになったので、悔しい思いをしているのかもしれない。相楽は、何かにつけて安積班にライバル心を燃やす。

それは悪いことではないと、安積は思っている。互いに競い合えば、結果的に検挙率も上がるかもしれない。

七時半になった。安積は係員たちに声をかけた。

「講堂に移動しよう」

すでに講堂には長机やスチールデスクが運び込まれ、捜査本部の体裁が整いつつあった。窓際には無線機が並び、スチールデスクにはノートパソコンが置かれている。

固定電話も敷設されている。警務課が頑張ったようだ。

捜査一課の捜査員たちは、佐治係長を中心に輪を作って何事か話し合っている様子だった。

スチールデスクの島に、池谷陽一《いけたによういち》管理官の姿があった。安積たちが近づいて行くと、池谷管理官が言った。

「安積係長、よろしく頼むぞ」

「よろしくお願いします」

そう言ってから安積は、聞き込みの報告をした。池谷管理官は、話を聞き終わると言った。

「プロダクションサミットの柳井社長は有名だから、私も名前は知っている。まずは、被害者との関係を明らかにすることだな」

「はい」

「八時から、刑事部長と捜査一課長臨席の捜査会議だ。そこであらためて発表してくれ」

「了解しました」

長机の捜査員席に行こうとすると、池谷管理官が言った。

「安積係長はこっちの席だ」

管理官席の机の島を指差した。安積は池谷管理官の向かいの席に座ることにした。しばらくすると、佐治も管理官席にやってきた。

彼は安積を見て言った。

「相楽はどうした?」

安積はこたえた。

「事案の端緒に関わったのは我々第一係ですから、第一係が捜査本部に参加します」

「いずれ、相楽班も必要になる」

それはあんたの決めることじゃない。

安積はそう思ったが、今は何も言わずにいることにした。

5

捜査本部の会議が始まるときの、独特な倦怠感《けんたいかん》に、安積はいまだに慣れることができずにいた。

会議そのものが、閉塞感《へいそくかん》と疲労感をもたらす。始まったとたんに、早く終わらないものかと思うのだ。

会議などはただの儀式でしかないと、安積は思っている。管理官に情報を集約すれば、会議の必要などないはずだ。

特に今は、携帯電話もあればメールもある。捜査員に対する指示は、一斉メールで事足りる。

それでも捜査会議が廃止されることがないのは、刑事部長や捜査一課長の存在が無視できないからだ。

捜査本部長は、刑事部長ということになっているが、たいていは部長は臨席しない。あるいは会議の最初だけ顔を出して、捜査員に発破をかけたりするのだ。

だが、今回は違った。刑事部長がずっと会議に出席していた。捜査一課長もいる。

さすがの野村《のむら》署長も、今日ばかりはマイペースというわけにはいかない。捜査員たちも緊張している。

刑事部長が捜査本部長としての挨拶《あいさつ》をしてからこれまでわかった事柄の報告が始まった。

池谷管理官が、被害者の身元や現場の所見などを発表する。すでに捜査員は、身元を知っているが、幹部の中には初耳の者もいるようだ。

特に、刑事部長は興味を引かれたようだった。

「グラビアアイドルだって？」

刑事部長が思わず聞き返した。

池谷管理官がこたえた。

「はい。現役のタレントです。年齢は二十八歳」

「有名なのか？」

「ネットなどではそこそこ知られているようですが、テレビで活躍するというわけではなかったようです」

「それでも、マスコミの格好の餌《えさ》だな」

「情報はできるだけコントロールするようにします」

「連中はすぐに嗅《か》ぎつけるだろうな」

「おそらくは……」

「対策が必要になると思う。誰《だれ》かが専任で当たるんだ」

「はい」

池谷管理官は、報告を続けた。遺体が発見されたのが、柳井武春所有のプレジャーボートの近くであり、なおかつ被害者のものと思われるサンダルが、その船の甲板で見つかったことを告げると、刑事部長がまた反応した。

「柳井武春だって……？」

「はい」

「被害者と柳井武春は何か関係があるのか？」

「被害者の立原彩花こと島谷彩子は、柳井武春が経営するプロダクションサミット系列のＥＺプロダクション所属だったということです」

「プロダクションサミットの系列……」

刑事部長は考え込んだ。

個人的に柳井のことを知っているのではないか。刑事部長の様子を見て、安積はそう思った。

おそらく、池谷管理官も同じようなことを考えていたはずだ。だが、この場で刑事部長にそういう質問をするのははばかられるのだろう。池谷管理官は、無言で刑事部長の次の言葉を待っていた。刑事部長は何も言わない。

池谷管理官が言った。

「報告を続けてよろしいですか？」

「捜査員が、柳井本人やその周辺に、被害者との関係を尋ねたのですが、個人的な関係についてはまだ不明です」

「ああ、続けてくれ」

刑事部長がまた発言をした。

「柳井さんが被疑者ってことはないだろうな？」

やはり個人的な付き合いがあるようだと、安積は思った。でなければ、「柳井さん」という言い方はしないだろう。

そして、「被疑者ってことはないだろうな」という言い方は問題だと思った。捜査にバイアスがかかる恐れがある。

池谷管理官がこたえた。

「今はまだ何とも言えませんが、そういうこともあり得ないことではありません」

さすがは池谷管理官だと、安積は思った。

この一言は、刑事部長に対する返答であると当時に、捜査員たちへの言葉でもある。余計な忖度《そんたく》はしないようにと、釘《くぎ》を刺したわけだ。

その後、遺留品捜査班の報告があった。サンダルはやはり被害者のものだということが明らかになった。

それがなぜ、柳井の船の甲板にあったのかはまだ謎《なぞ》のままだ。

地取り班によると、目撃情報はなし。現在、防犯カメラの映像解析を進めている。殺人の捜査本部となれば、SSBCも最優先で作業をしてくれる。

司法解剖の段取りがつかず、遺体はまだ臨海署の霊安室にある。

須田が黒木に何事か耳打ちしているのが見えた。何を話しているのか、安積は気になった。

須田の一言はばかにできない。黒木はただ難しい顔でうなずくだけだ。

岡本検視官が発言するので、安積はそちらに注目した。

「絞殺です。凶器は細い紐《ひも》状のもの。解剖の結果を見なければ、はっきりしたことは言えませんが、おそらく死亡した後に、海に遺棄されたものと思われます」

刑事部長が尋ねる。

「凶器は特定されていないのか？」

その質問にこたえたのは、池谷管理官だった。

「遺体に残った痕跡《こんせき》と照合した結果、アブラサドール号という名の、柳井氏所有の船の中から見つかった電気のコードではないかと考えています」

「船の中から見つかった電気のコード？　それは確かな話なのか？」

「鑑識が報告します」

池谷管理官が石倉係長を指名した。

石倉が立ち上がり、報告を始めた。

「現在、分析を進めています。具体的に申しますと、コードに被害者のＤＮＡが付着していないかを調べています。解剖の際に被害者にコードの被覆の成分が付着していないかどうかも調べようと思っています」

刑事部長が尋ねる。

「結果はいつ出る？」

「本来なら一週間と言いたいところですが、三日でなんとかするつもりです」

石倉係長なら、やると言ったことは必ずやるだろう。

刑事部長が池谷管理官に尋ねた。

「映像の解析にはどれくらい時間がかかりそうだ？」

「やはり三日というところだと思います」

「その分析や解析を待たずに、スピード逮捕と行きたいところだがな」

池谷管理官が言った。

「努力します」

部長が発言していたので、捜査一課長や野村署長は聞き役に徹していた。

現状を見ると、刑事部長が言うスピード逮捕など望むべくもない。防犯カメラの映像から、一気に被疑者が浮上することもあり得るが、世の中そんなにうまい話ばかりではない。

昔から、刑事は靴の底をすり減らして聞き込みをするしかないのだ。そうして集めた小さな断片を、慎重に組み合わせ、積み上げていく。

そうすることで、ようやく事件の全体像が見えてくる。被疑者特定はその先のことなのだ。

捜査会議が終わり、解散となった。かつて捜査員は泊まり込みが当たり前で、この時間から聞き込みに出る者もいた。

捜査本部ができたら、何日も帰宅できないのが刑事の常識だった。だが、昨今は事情が変わってきた。

働き方改革とやらで、無茶な労働をしてはいけないことになった。まずは公務員から範を示さなければならないということで、捜査本部ができても、捜査員はなるべく帰宅するようにと言われるようになったのだ。

安積にとって、これは信じがたいことだ。

厚生労働省は何を考えているのだろうと、本気で思った。犯罪の検挙よりも、労働時間を減らすことのほうが重要なのだろうか。

これで検挙率が落ちたり、犯罪が増えたりしたら、厚労省はどう責任を取るつもりなのだろう。

そういうわけで、多くの捜査員は帰宅した。安積班の連中も帰らせることにした。いくら信じがたいことだと言っても、公務員なのだから、国の方針には逆らえない。

捜査本部を出て行こうとする須田と黒木を呼び止めて、安積は尋ねた。

「そういえば、会議の最中、何かを話していたな」

須田が叱《しか》られた子供のような顔になって言った。

「あ、すいません。たいしたことじゃないんです」

「別に咎《とが》めているわけじゃない。何を話していたか知りたいだけだ」

「ええと……。不謹慎な発言なので、あまり言いたくないんですが……」

「いいから、言ってみろ」

「被害者の解剖の段取りがまだつかないということでしたよね」

「そうだな」

「本名じゃなくて、芸名で告知すれば、解剖をやりたがるところが、続々と名乗りを上げるんじゃないかと言ったんです」

「たしかに不謹慎な話だな」

「そうでしょう。だから言いたくなかったんです」

「だがまあ、世の中そんなもんだという気がする」

須田は安心したような顔になった。この間、やはり黒木は何も言わなかった。

安積は二人に言った。

「今日は、ゆっくり休んでくれ」

須田と黒木が出入り口に向かった。

捜査会議が終わった段階で、幹部たちの姿もなくなった。

だが、さすがに池谷管理官は帰ろうとしない。佐治係長も、管理官席から動こうとしない。

そうなると、安積も帰るわけにはいかない。

だが、昨夜は徹夜だった。さすがに今夜はもちそうにないと、安積は思った。

どうしたものかと考えていると、池谷管理官が言った。

「厚労省がうるさいから捜査員はなるべく帰宅させるが、管理職はそうはいかない。結局労働時間短縮のしわ寄せは管理職に来るわけだな」

佐治係長が言った。

「俺は平気です」

俺も平気だ、と言いたかったが、安積は疲れ果てていた。

池谷管理官が佐治係長に言った。

「我々は交代で詰めることにしよう。三交代だ。安積係長、先に休んでくれ」

警察の三交代とは、日勤、当番、非番を繰り返すことを言う。その態勢で行こうという提案だ。

地域課の場合、当番は交番勤務、日勤は警察署での勤務ということだが、ここでは、実質的に、二人が捜査本部に詰め、一人が非番で休む、ということだ。

池谷管理官は、まず安積に非番をくれたということだ。おそらく、疲労困憊《こんぱい》した様子を見て考慮してくれたのだろうと、安積は思った。

もしかしたら、佐治が何か言うのではないかと危惧《きぐ》した。だが、それは杞憂《きゆう》だった。考えてみれば、あえて管理官に逆らう理由もない。

「そうさせていただきます」

すでに畳敷きの柔道場に、蒲団《ふとん》が敷いてあるはずだ。一刻も早くそこに潜り込みたいと思った。

佐治係長が言った。

「何かあったら呼びにいく」

そんなことは願い下げだ、と思いながら安積は言った。

「お願いします」

捜査本部を出て、汗の臭《にお》いのする柔道場にやってくる。できるだけ端のほうで空いている蒲団を見つけ、ワイシャツ姿のまま寝た。

横になると、すぐさま目眩《めまい》のような睡魔がやってきて、たちまち眠りに落ちた。


昨日は、ひどく顔色が悪く、まるでゾンビのようだった安積班のメンバーは、今朝はすっかり元気になっていた。

驚くほどの回復力だ。やはり若さだろうかと安積は思った。

かく言う安積も、かなり気分は軽くなっていた。睡眠は大切なのだ。

朝九時からまた捜査会議があった。

幹部席に刑事部長の姿はなかった。これは普通のことだ。捜査本部長というのは、ほとんど名ばかりだ。部長はおそろしく多忙なので、捜査本部に常駐して陣頭指揮を執ることなどほぼ不可能なのだ。

実質的に捜査本部の舵取《かじと》りをするのは、池谷管理官だ。

三交代といえども、捜査会議には二人の係長も顔をそろえなければならない。だから次の非番の者は、捜査会議が終了してから休みとなる。

捜査会議の冒頭、野村署長が言った。

「捜査本部の正式な態勢を発表します。規模は五十人とします。警視庁本部捜査一課からは、第三強行犯捜査、つまり池谷管理官が担当する二つの係、すなわち、第四、第五係が参加します。また、臨海署からは、それと同数の署員を動員する必要があるため、現在の強行犯第一係に加えて、強行犯第二係も参加。その他、刑事組対課の他の係の人員や、地域課、生安課等の人員も吸い上げることにします」

それを聞いた佐治係長が言った。

「相楽たちがようやく来てくれるか」

自分たちが頼りないと言われたように感じて、安積は腹が立ったが何も言わないことにした。

これくらいのことは、今日は我慢できる。睡眠をたっぷり取って、気分が軽いせいだろう。

それから三十分後に、続々と援軍が姿を見せはじめた。捜査一課殺人犯捜査第四係が到着し、さらに署内からも人がやってきた。捜査本部内の人数は、一気に倍以上になった。

強行犯第二係、通称相楽班の連中の顔も見える。

「おい、こっちだ」

佐治が相楽に声をかけた。相楽がそれに気づいて近づいてきた。

「佐治係長。やっぱり、いっしょに捜査することになりましたね」

「当然だろう。ここがおまえの席だ」

池谷管理官に断りもせずに、相楽の席を決めた。安積の隣で、佐治の向かいの席だ。

相楽は池谷管理官に言った。

「よろしくお願いします」

池谷管理官がこたえる。

「ああ、久しぶりだな。佐治係長とならば息がぴったりだろうな」

今の言葉は皮肉ではないだろうか。安積はふとそんなことを思っていた。

池谷管理官が言った。

「地取り班、鑑取り班、遺留品捜査班、それから予備班に捜査員を班分けしてくれ」

佐治がすぐに反応した。

「了解しました」

すると、池谷管理官が言った。

「佐治は非番だ。休んでくれ」

「いえ、自分が班分けをやります」

「ローテーションがおかしくなるから、休んでくれ。班分けは安積係長と相楽係長にやってもらう」

佐治は、安積を睨《にら》み、相楽を親しげに見た。それから池谷管理官に言った。

「わかりました。では、休ませてもらいます」

「今後は、相楽係長が参加したので、四交代で回せる」

三交代だと、日勤、当番、非番だが、四交代は、日勤、第一当番、第二当番、非番という順で回すことができる。第一当番は昼間の勤務、第二当番は夜勤だ。

今回の捜査本部では、二人が勤務について、あとの二人は休むという態勢になるだろう。

だが、この交代制も何も起きない間だけだ。捜査が大詰めになれば、管理官や係長が休んでいる暇はなくなる。当然、四人全員が管理官席に詰めることになる。

佐治が休憩のために席を離れると、安積と相楽は班分けを始めた。

捜査本部ではたいてい、警視庁本部の捜査員と所轄の捜査員をペアにする。その原則に従い、機械的に人員を振り分けていけばいい。

ただ、なるべくベテランと若手が組むように心がけるべきだと、安積は思っている。若手が勉強をするまたとない機会なのだ。

班分けを発表すると、捜査員は次々と外に出かけて行った。

池谷管理官が、安積に言った。

「相楽係長に、これまでの経緯を説明してくれ」

遺体発見からのことを相楽に報告した。相楽はメモを取りながら、それを聞いていた。

話を聞き終わると、相楽はしみじみとした口調で言った。

「柳井武春か……」

安積は言った。

「みんなそこに引っかかるようだな」

「各方面にいろいろと影響力があるという話ですから」

「だが、所詮《しょせん》芸能事務所の社長だ」

「安積係長、柳井をなめていると面倒なことになりかねませんよ」

誰も彼も、気にしすぎじゃないのか。

安積はそんなことを思っていた。

「はい」

6

安積は管理官席に縛りつけられた恰好《かっこう》になっていた。係長は、管理官とともに情報整理をやることになっていたからだ。

だが、ほとんどの情報は常に管理官のもとに集められる。安積たちが席にいる意味はあまりない。

安積は池谷管理官に言った。

「私たちも聞き込みに出てはいけませんかね?」

池谷管理官が驚いたような顔で言った。

「人手は足りているぞ」

「ここにいても、なんだか落ち着かないんです」

「慣れてもらわないとな。そのうち、ここもてんてこ舞いになるはずだ」

捜査が進展すれば、外の捜査員たちから、次々と知らせが入る。ＳＳＢＣや鑑識からも報告が来るだろう。

たしかに、池谷管理官が言うとおりに違いない。

安積たち係長の他に、予備班が残っている。予備班は、ベテラン捜査員が担当する捜査本部内のデスクで、今回は、捜査一課の捜査員と強行犯第二係の荒川秀行《あらかわひでゆき》の二人だ。荒川は臨海署で最も高齢の刑事だ。

管理官席と予備班で、捜査本部内をすべて切り盛りしていかなければならない。重要な役割を担っているのだ。

池谷管理官が言うとおり、慣れなければならないと、安積は思った。

「わかりました。外回りだけが仕事ではないことは、充分承知していたつもりなんですが……」

するとと池谷管理官が言った。

「参考人や被疑者を引っ張って来たときは、取り調べを担当してもらうかもしれない」

「了解しました」

池谷管理官は、時計を見た。

「おそらく、しばらくは動きがないはずだ。昨夜はほとんど寝ていないので、私も休ませてもらう」

「どうぞ」

安積はこたえた。「ここは二人に任せてください」

「じゃあ、頼んだ」

池谷管理官が席を立ち、出入り口に向かった。

その後ろ姿を見て、相楽が言った。

「警察官なら、二、三日の徹夜くらいどうということはないでしょうに……」

「いざというときに、指揮官の判断が鈍っていたら問題だ。休めるときに休んでおいたほうがいい」

相楽は肩をすくめた。

それからしばらくして、彼が言った。

「プロダクションサミットに行って、柳井武春に会われたそうですね」

「会った」

「どんな人でした？　噂《うわさ》では恐ろしい人のようですが……」

「別にそういう印象じゃなかった。噂が一人歩きしているのかもしれない」

「いや。実際、柳井は怖いらしいですよ」

「逆らった人を殺すのだと、須田が言っていたが、まさかな……」

「嘘《うそ》だと思いますか？」

安積は思わず相楽の顔を見ていた。

「本当に、柳井が殺人の教唆《きょうさ》や幇助《ほうじょ》をしていると言うのか？　ばかばかしい。そんなことを証明する根拠はないはずだ」

「それを否定する明らかな根拠もありませんよ」

「それはそうだろうが……。否定する根拠がないからといって、検挙はできない」

「普通なら引っ張ってきて話を聞くという手もあるんですが、相手が柳井武春じゃあ……」

「ばかを言うな。相手が何者だろうと、必要なら引っ張るさ」

相楽は、苦笑とも嘲笑《ちょうしょう》ともつかない笑みを浮かべた。

「やっぱり、安積さんは違うな……。きっと怖いものがないんですね」

「怖いものは山ほどあるさ」

「例えば何です？」

「そうだな……。例えば、佐治係長とか……」

相楽は笑った。

「怖いんじゃなくて、嫌いなだけでしょう？」

「別に嫌いじゃないさ」

「じゃあ、苦手と言い直しましょう。自分も苦手ですけどね……」

この一言に、安積は驚いた。

「池谷管理官も言っていたが、佐治係長とあんたは息がぴったりなんじゃないのか？」

「苦手な上司だから、合わせているんですよ」

この言葉を額面通り受け取っていいものだろうか。安積は、考えた。信用したら、後でひどい目にあうかもしれない。

だが、意外に本音なのかもしれない。佐治のほうは間違いなく相楽を買っているが、それは相楽のほうが合わせているからなのかもしれない。

それもいずれわかることだ、と安積は思った。

安積が無言で考えていると、相楽が言った。

「柳井はどんな様子でした？」

「どんな様子って……。どうこたえればいいんだ？」

「警察が訪ねてきたことについて、何か言っていましたか？」

「それより、島谷彩子が亡くなったことに、ショックを受けている様子だった」

「芝居じゃないんですか？」

「芝居……？　何のために……」

「自分が殺したのなら、彼女が死んでいることを、当然知っていたはずです」

「柳井武春は被疑者じゃない」

「でも、殺人現場と見られている船の所有者なんでしょう？」

「それだけで容疑をかけるわけにはいかないだろう」

「柳井ならやりかねない。そうは思いませんか？」

「根拠はない。先入観のせいでそう思うんだろう。それは危険だぞ」

「でも、噂を知っているんでしょう？」

「島谷彩子が柳井武春の愛人だったという噂のことか？」

「そうです。だとしたら、別れ話のもつれとか、いろいろ考えられるじゃないですか」

相楽がそんな噂を知っていることが、ちょっと意外だった。芸能界などに興味があるようには見えないからだ。

もしかしたら、けっこう一般に知られている噂なのかもしれない。

「その噂が本当かどうかまだわからない。柳井本人は、島谷彩子とはあくまで仕事上の付き合いだと言っているし、二人きりで船に乗ったことはないと言っている。周囲の人たちも二人は特別な関係ではないと証言している」

「彼の近くにいる人は、口が裂けても付き合っていたなんて言わないでしょうね。へたなことを言うと、命の危険がありますからね」

「須田もそんなことを言っていたが、それは妄想じゃないかと思う。いくらさまざまな方面に影響力があるからといって、殺人教唆や殺人幇助が見過ごされるはずがない」

「いろいろ抜け道があるんじゃないですか?」

「もしそうだとしたら、警察は何をしているのか、ということになる」

相楽はしばらく考えてから言った。

「たしかに、そうかもしれませんね。しかし、自分は柳井が充分に怪しいと思いますね」

本当にそう思っているのだろうか。安積が否定したので、意地になったのではないか……。

そんなことを思いながら、安積は言った。

「ちょっと、気になることがあるんだが……」

「何です？」

「昨夜の捜査会議で、刑事部長がこう言ったんだ。柳井さんが被疑者ってことはないだろうな、と……」

「何が気になるんです？」

「刑事部長は、困ったことになったというような顔をした。柳井さんという呼び方も気になる。もしかしたら、個人的な付き合いがあるのかもしれない」

「考えられなくはないですね。柳井武春は、いろいろな人脈を持っているそうですから……」

「芸能界の社長ともなると、人脈が勝負なのだろうな」

「ヤクザだからですよ」

この一言に、安積は驚いた。

「柳井は暴力団の構成員じゃないだろう」

「今現在暴力団の構成員じゃないからといって、ヤクザじゃないとは言い切れませんよ。事実彼は、かつて現在の指定暴力団の構成員だったことがあります」

「今は暴力団員じゃない」

「昔の人脈を使って暴力団を動かしたりしているとしたら、実態は変わりません。柳井のやり口は、暴力を匂《にお》わせて人を従わせることです。それで芸能界に大きな力を持っているわけです。これって、暴力団と何の違いがあるんです？」

安積は考えた。

相楽の言うことはもっともだ。だが、極論とも言える。

昔からヤクザと縁の切れない世界がある。労働者の斡旋《あっせん》とか露天商とか水商売とか……。

あげれば切りがない。芸能界や映画界もそうだった。

もともと興行を仕切るのは地元の組と相場が決まっていた。だから、映画業界はヤクザと密接な関係があったし、それに関連して芸能界もヤクザとの関わ《かか》りは深い。

日本が近代化するにつれて、そういう構造はなくしていかなければならないということになっていったが、伝統や因習はそう簡単になくなるものではない。

ちなみに、プロスポーツの世界もヤクザとの関わりが取り沙汰《ざた》されることがあるが、プロスポーツも興行だからだ。

日本のスポーツや芸能とヤクザの関わりは一般に思われているよりずっと根が深いのだ。

だからこそ、一概にそれが悪だと決めつけることはできないと、安積は思っている。

明らかな違法行為があるのなら、それは取り締まらなければならない。だが、物事が円滑に進んでいるのなら、目くじらを立てるほどのことはないのではないか。

もっとも、警察内ではこういうことは言いにくい。暴力団の資金源を絶つためには、情け容赦なく叩《たた》く必要がある、というのが現在の警察の方針だ。

もちろん安積も、それに異論はない。暴力団は排除すべきだ。だが、犯罪性の有無はちゃんと見極めなければならないと思う。

暴力団だけではなく、半グレのような明らかな反社会的集団は、徹底的に取り締まるべきだ。

だが、ただ芸能プロダクションの仕事をしているだけの者たちを取り締まることはできない。

安積は、相楽の問いにこたえた。

「ヤクザのような振る舞いをして、自分の目的を達成しようとする人は、世の中にいくらでもいる。ヤクザのようだからといって検挙するわけにはいかない」

「でも、柳井は実際ヤクザだったんですよ」

「繰り返し言うが、今は違うんだ」

安積が何か言えば言うほど、相楽は反発する。わかっていながら、向こうの言い分を黙って聞いているわけにはいかなかった。

突然相楽は、口調を変えた。声を落として言った。

「部長の件、調べてみましょうか？」

「何だって？」

「柳井と刑事部長が、個人的に知り合いかどうかって話でしたよね」

「ああ、そうだった」

どう返事をすべきか迷った。もし、そういう事実があれば明らかにしておくべきだ。

安積が何も言わないので、さらに相楽が言った。

「洗うのは可能ですよ」

「もし何もなくて、探ったことを部長に知られたら、ただじゃ済まないかもしれない」

「だいじょうぶです。うまくやります」

「任せるよ」

それ以上のことは言えなかった。

午後三時過ぎに、係員が報告に来た。

「司法解剖を受け容《い》れるという大学から電話が入っていますが……」

相楽が安積を見た。対応を任せるということだ。本来なら管理官が返事をすべきだろうが、寝ているのを起こす必要もないと判断した。

「手配してくれ」

「遺体はいつ運べばいいかと、先方が訊《き》いていますが……」

「いつでもいい」

「了解しました」

係員が去って行こうとした。そのときふと、ＥＺプロダクションの社長が、遺体を拝みたいと言っていたのを思い出した。

「ちょっと待ってくれ」

安積は係員に言った。

「遺体を運べるようになったら、こっちから連絡すると伝えてくれ」

「わかりました」

それから安積は、ＥＺプロダクションに電話をした。女性が出たので、社長と話したいと伝えた。ややあって、花岡の声が聞こえてきた。

「刑事さんですか？」

「そうです。昨日お邪魔した安積です」

「どうなさいました」

「島谷さんのご遺体を移動することになりました。今ならまだ間に合いますが……」

「すぐにうかがいます。臨海署でしたね？」

「はい。受付で私の名前を言ってください」

安積が電話を切ると、相楽が言った。

「ご遺族ですか？」

「いや、所属事務所の社長だ」

「そんなの、いちいち気を使う必要はないでしょう」

「家族も同然だと言っていたからな」

相楽は、それきりその件には触れなかった。

言葉どおり、ＥＺプロダクションの花岡は、二十分ほどでやってきた。連絡があり、安積は受付に向かった。

花岡はマネージャーの宮坂早紀を伴っていた。安積は二人を連れて、霊安室に向かう。

刑事は慣れているが、一般人には霊安室の雰囲気はきついだろう。

病院の霊安室などとは違って、死臭だけでなく、排泄物《はいせつぶつ》の臭いがすることもあるのだ。突然の死を迎えた者は、排泄物を垂れ流す。検視のために、刑事がそれを脱脂綿でぬぐうのだ。

係員があらかじめ、ステンレスのロッカーを引き出して、白い布をかけ、さらに線香を焚《た》いてくれていた。

おかげで、異臭は気にならなかった。

安積が布をめくると、被害者の白い顔が現れた。

愁嘆場を予想していた。刑事は、それに慣れている。

一般人にとって死は日常とは程遠いところにあるが、刑事にとっては日常なのだ。それだけ被害者の遺族や関係者の悲しみに触れる機会が多いということだ。

だが、二人は思ったよりずっと冷静だった。花岡は眉間《みけん》にしわを刻んで、じっと島谷彩子の顔を見つめていた。

宮坂は、ハンカチを鼻に当てている。涙を流しているが、泣きわめくようなことはなかった。

二人は線香を上げて手を合わせた。

安積はずっと無言でその様子を見守っていた。

やがて、宮坂がどうしていいかわからないような様子で、花岡を見た。花岡も宮坂を見返した。

これでお別れしていいものか迷っているのだろう。

安積は言った。

「葬儀のときに、またお会いになれるかもしれません」

その言葉で、二人は踏ん切りをつけたようだ。花岡が言った。

「いろいろご配慮いただき、ありがとうございます」

彼は今日も派手な服装をしている。その出《い》で立《た》ちと殊勝な振る舞いがちぐはぐな感じがしたが、服装で人を判断してはいけないと、安積はあらためて思った。

霊安室を出ると、花岡が安積に言った。

「何がなんでも、犯人を捕まえてください」

安積はこたえた。

「もちろんです。そのためには、さらなるご協力をお願いするかもしれません」

「もちろん協力は惜しみませんよ」

そのとき、宮坂が花岡に向かって言った。

「協力するなら、訊かれたことに、ちゃんとこたえるべきだと思います」

安積は宮坂に尋ねた。

「それは、昨日うかがったときに、ちゃんとこたえていただけなかったということでしょうか？」

花岡が慌てた様子で宮坂に言った。

「君は何を言ってるんだ……」

宮坂は安積を見て言った。

「申し訳ありません。私も社長も、嘘をつきました」

花岡はあきらかにうろたえていたが、それを押し隠すように強い口調で言った。

「そんなことはありません。刑事さん。彼女は彩花の変わり果てた姿を見て、気が動転しているんです」

宮坂は言った。

「気が動転しているわけではありません。でも、彩花の姿を見て、私の中で何かが変わったのは確かです。事務所で刑事さんにお会いしたときは、余計なことを話さないでおこうと思いました。それが、私たちの常識だと思っていたのです」

「今は違うのですね？」

「はい。彩花にこんなことをした犯人が許せないんです。だから、知っていることは何でもお話しすべきだと思いました」

花岡は諭すような口調で宮坂に言った。

「君は今、冷静さを欠いている。そんな状態で発言したら、きっと後悔することになる」

宮坂は、厳しい眼差《まなざ》しを花岡に向けた。

「嘘をついたり、隠し事をしたほうが、後悔すると思います」

花岡は安積に言った。

「どうも、すいません。宮坂とは話し合いが必要なようです。これで失礼します」

安積は、宮坂に言った。

「もし、差し支えなければ、上でお話をうかがえませんか？」

「いや、それは……」

花岡が拒否しようとしたが、宮坂がそれを遮った。

「はい。参ります」

苛立《いらだ》たしげに宮坂を見つめていた花岡が言った。

「君だけ行かせるわけにはいかない」

安積は尋ねた。

「あなたもご同行いただけるということですか？」

花岡がうなずいた。

「仕方がない。行きましょう」

7

安積は花岡と宮坂の二人をどこに連れて行くべきか迷った。

あくまでも事情を聞きたいだけなので、取調室というのは失礼だろう。捜査本部に連れて行くべきなのかもしれないが、講堂は広すぎて落ち着いて話が聞けるような場所ではない。

二人からは個別に話を聞きたい。安積が一人を聴取している間、もう一人には待っていてもらわなければならない。結局安積は、講堂ではなく、刑事組対課のフロアに二人を連れて行った。

相手が一人なら、空いている捜査員の席に座らせて話を聞く。だが、それでは二人を隔離できない。

安積は会議室を使うことにした。一人を会議室に呼び、その間、もう一人を自分の席に座らせて待たせることにした。

宮坂がしゃべる気になっている。彼女の気が変わらないうちに話を聞く必要がある。まず、宮坂から会議室に連れて行った。

会議室と呼ばれているが、会議に使われることなどほとんどない。実情はまるで物置のようだ。奥に段ボールが積まれており、なぜかロッカーがある。

特命を受けた班が常駐したり泊まり込んだりするときに使われることがあり、体育会の部室のような臭《にお》いがする。

粗末な長テーブルがあり、その周辺にパイプ椅子《いす》が置かれていた。ドアを開けると、すぐホワイトボードが見える。それが、本来は会議室であることを主張しているようにも見える。

この部屋に窓はない。

いったいどういう設計士が考えるのか、警察署には窓のない部屋が多い。安全上の理由とか秘密保持とか、いろいろと理由があるのだろうが、おそらく慣れていない人は息苦しさを覚えるのではないかと、安積はいつも思う。

だから時々、安積は無性に屋上に逃げ出したくなるのだ。

部屋の奥の側に、宮坂を座らせ、安積はテーブルを挟んで向かい側に腰を下ろした。

安積は言った。

「事件のことはすでにご存じでも、実際にご遺体をごらんになると、とても冷静ではいられないと思います」

宮坂はごくりと喉《のど》を動かしてからこたえた。

「だいじょうぶです」

「昨日、事務所にうかがったときには、お話しいただけなかったことがあるようですね」

「はい」

彼女は、安積をまっすぐに見ていた。

昨日はどこかおどおどしたところがあった。今はそういう様子はまったく見られない。吹っ切れたような風情《ふぜい》だ。

今見ているのが、本来の彼女の姿なのかもしれないと、安積は思った。

「昨日、私はまず、島谷さんのものと思われるサンダルが、柳井さん所有のプレジャーボートの甲板で発見されたとお知らせしました。それについて、何か心当たりはないかとお尋ねすると、あなたは、ないとおこたえになった……」

「はい、そうでした」

「それについて、今はどうお考えですか？」

「心当たりがないわけではありません」

「どういう心当たりでしょう？」

「立原が……、いえ、島谷が柳井社長の船に何度か乗せていただいていたのは、知っていました」

彼女のこたえに、もう迷いはなかった。

「島谷さんが柳井社長の船に何度か乗せてもらっていた……。それは何か特別なことなのでしょうか？」

「柳井社長から船に招待されるというのは、私たちの世界では特別なことです」

「どういうふうに特別なのですか？」

「特に親しいご友人しか、船にはご招待されないと聞いています。柳井社長と親しい方というのは、私たちにとっては特別な人たちです」

「柳井社長の友人は、特別な人なんですか？」

安積はそう言いながら、刑事部長のことを思い出していた。

所轄の係長にとって、刑事部長は特別な存在だ。だが、柳井の友人だから特別なわけではない。

宮坂はこたえた。

「私たちの世界では、柳井社長は絶大な力を持っています」

「それはよく聞く話ですが、私には具体的なことがよくわかりません」

「例えば、柳井社長が気に入ったタレントがいるとします。彼女、もしくは彼は、一年以内に日本中誰《だれ》もが知っているタレントになります。そして、その逆もあるのです。柳井社長の機嫌を損ねるようなことをしたタレントは、あっという間に業界から消えていきます」

「消えていく……」

「テレビ、ラジオ、スポーツ新聞、週刊誌のグラビア……。そういうものから一切消えてしまうのです」

「私は、決して芸能通ではありませんが、そういうことがあるというのは聞いたことがあります。ですが、具体的にどうすればそういうことができるのかがわかりません」

宮坂は、戸惑ったような表情を見せた。

「どうすれば……？」

「そうです。何をすれば、タレントを有名にしたり、逆に仕事を奪ったりできるのでしょう」

安積の言葉に、宮坂はますます困惑の度を高めたようだった。

「それは……。テレビ番組をキャスティングするプロデューサーとかが、みんな柳井社長の言いなりですから……」

「そんなばかな……」

思わず安積は言った。

そんなことがあっていいはずがないと思った。東京にある民放キー局だけでも、五局ある。

それぞれの局は、おびただしい数の番組を持っている。バラエティーもあれば、ワイドショーもある。ドラマもある。

その番組ごとにプロデューサーがいるわけだから、東京だけに限ったとしても、大勢のテレビプロデューサーがいるはずだ。

それに制作プロダクションなどにキャスティング権を持っている他のプロデューサーも

大勢おり、それを合わせると、膨大な数になるはずだ。

そのすべてが柳井の言いなりだというのだろうか。

「ばかな……？」

「そうです。日本中にプロデューサーと呼ばれる人が何人いるのです？　百人じゃきかないでしょう。千人くらいいるでしょうか……。そのすべてが一人の芸能プロダクション社長の言いなりだなんて、そんなことがあるはずもないし、あっていいとは思えません」

「でも、実際にはほぼそういうことになっているんです」

「でも、テレビ局には人事異動もあるでしょう。人が入れ替わるのに、ずっと一人の影響力が働きつづけるというのはあり得ないでしょう」

「もちろん柳井社長が一人で、芸能界を支配しているわけではありません。男性グループでお馴染《なじ》みのプロダクションは、テレビや映画、広告代理店には絶大な強さを持っています。お笑い芸人のプロダクションも力を持っています。しかし、鶴《つる》の一声的な影響力の強さといったら、やはり柳井社長がナンバーワンでしょう。その伝説的なパワーは、たとえ人事異動で新しいプロデューサーに変わっても、申し送り事項として受け継がれていくんです。系列である私どもEZプロダクションも、ずいぶんと恩恵をこうむりました」

「申し送り事項……」

「そうです。そうやって業界の伝説は受け継がれていくんです」

「では、今でも民放では、柳井社長は思い通りにタレントを使ってもらったり、逆に使わせなかったりということができるというわけですか？」

「もちろん、そのパワーは健在です。むしろ、ご自分で動く必要がなくなった分、さらにパワーが強化されていると言えるかもしれません」

「自分で動く必要がない……」

安積は、確認するように言葉を繰り返した。

「そうです。今では社長の名前を出すだけで事足りますから……」

本当にヤクザの世界と似ている。

安積はそんなことを思ったが、口には出さなかった。

「ＮＨＫはどうなんです？」

「数多くのドラマを抱えていますし、バラエティー番組もたくさんあります。事情は民放とそれほど変わりません」

好奇心のせいで、すっかり話がそれてしまった。

須田じゃあるまいし……。

安積はそんなことを思う反面、話が聞けてよかったと感じていた。芸能界の現場の話などなかなか聞けるものではない。

「つまり、島谷さんは柳井社長にとって特別な人だったと考えていいのでしょうか？」

宮坂はあっさりと言った。

「そうでした」

「二人は特別な関係だったということですか？」

「はい。刑事さんも、噂《うわさ》をお聞きになったことがおありでしょう」

「島谷さんが、柳井社長の愛人だったという噂ですね？」

「そうです」

「そういう噂があったことは知っています。では、その噂は本当だったということですか？」

「そうです」

彼女があまりに淡々とその事実を認めたので、安積は肩すかしを食らったような気分だった。このまま信じていいものだろうかという気さえしてくる。

「いつごろからのお付き合いでしたか？」

「五年ほど前からだと思います」

「五年も……」

安積は意外だった。そういう関係というのは、それほど長くは続かないものだと、漠然と思っていた。

ふと疑問が生じたので、事件とは直接関係ないが尋ねてみることにした。

「島谷さん、つまり立原彩花さんは、誰もが知っている売れっ子というわけではなかったようですね」

「そうですね。グラビアアイドル好きの間では、それなりに知られていましたが……」

「柳井社長が売ろうと思ったら、いくらでも人気者にできたんじゃないですか?」

「柳井社長は、彼女を売る気がなかったんだと思います」

「自分の愛人なのに?」

「愛人だからこそです」

「どういうことです?」

「彼女が飲食店でウエートレスをやっているときに、柳井社長に見いだされたという話は覚えていらっしゃいますね?」

「ええ」

「彼女をデビューさせようとしたときには、間違いなくスターにしようと思っていたはずです」

「そうでしょうね」

「たしかに、柳井社長は彼女をEZプロダクションに預けてしばらく、売る努力をしていたと思います。しかし、その間に、男女の仲になったのですね。彼女がデビューしたのが二十歳のとき。それから三年ほどして、柳井社長と彼女は付き合いはじめたのです。それから、柳井社長の考えが変わったのです」

「売れなくてもいいと考えるようになったということですか?」

「売りたくないと考えたのだと思います」

「売りたくない……?」

「タレントは売れると、けっこうたいへんなんです。稼げるときに稼がなければならないので、スケジュールがどんどん埋まっていきます。柳井社長も忙しい人です。互いに忙しいと会うこともままならなくなります。どちらかが相手に合わせないと……」

「なるほど……。それで、柳井社長はそこそこに売れる、というポジションを彼女に与えたわけですね？」

「スターになれない代償に、柳井社長はあらゆる贅沢《ぜいたく》を彼女に提供していました。船に招待するのもそうです。彼女以外で柳井社長に船に招かれるタレントは、みんな大物ばかりです」

「わかりました。それで、最近柳井社長と彼女の間にトラブルなどはありませんでしたか？」

「揉《も》めているという話は聞いていません。いつもどおりだったと思います」

　安積はうなずいた。

　宮坂が安積に尋ねた。

「柳井社長が犯人なんでしょうか」

　安積はこたえた。

「今はまだ、何とも言えません」

　宮坂は意外そうな、そして、がっかりしたような複雑な表情を見せた。おそらく、きっぱり否定してほしかったのだろうと、安積は思った。

花岡を会議室に呼ぶと、彼は安積に尋ねた。

「宮坂に、まだ用がありますか？」

「いいえ」

花岡が宮坂に言った。

「先に、事務所に戻ってくれ」

「はい」

彼女が去ると安積は、さきほど彼女が座っていた席に花岡を座らせた。自分は同じ席に着く。

「宮坂が何を言ったか知りませんが、私は昨日事務所でこたえたのと違うことを言う気はありませんよ」

先制のジャブを放ったつもりなのだろう。事務所でしゃべった以上のことはしゃべらないという意思表示だ。

安積も、特に期待してはいなかった。宮坂から話を聞こうと思ったら、彼が勝手についてくると言い出しただけだ。

「島谷さんが殺害された理由について、心当たりはないのですね？」

安積が尋ねると、花岡はきっぱりとかぶりを振った。

「ありません」

「彼女は、夜中に柳井さんの船を訪ねたようですが、その理由に心当たりは?」

「何度訊《き》かれても、こたえは同じですよ。心当たりはありません」

「あなたは、柳井さんの船に招かれたことがありますか?」

「は……?」

花岡は一瞬、きょとんとした顔になった。「いや、ありませんね」

「どういう人が船に招かれるのでしょう」

花岡は肩をすくめた。

「私に訊かれても……。そういう質問は、柳井社長にすべきでしょう」

「当然、訊くことになると思います」

花岡が驚いた顔になった。

おそらく、彼らの常識からすると、柳井社長にそんな質問をする者など一人もいないのだろう。

だが、彼らの常識と安積の常識は違う。安積はさらに尋ねた。

「柳井社長とごく親しい方々なのでしょうね?」

「船に招待される人たちですか?　ええ、当然そうでしょうね」

「社長と特別な関係にある人たち、ということでしょうか」

「ええ、そう言っていいと思います。ちょっと親しいくらいのテレビのプロデューサーなんかは、招かれることはないと思います」

「でも、島谷さんは招かれたことがある……」

「え……」

花岡は「しまった」という顔になったが、すぐに表情を引き締めた。「あ、いや……。それは、もともと立原は、社長がスカウトしましたから……」

「なるほど、そういうのは特別な関係に入るわけですね？」

「そういうことです。自分が発掘してきた人材が使いものになるかどうか、常に気になるもんです」

もっともらしい説明だ。あるいは、花岡は本気でそう信じているのではないかとさえ思ってしまう。

だが、そんなはずはない。噂の真相について、宮坂が知っていて花岡が知らないはずはない。

「夜中に船を訪ねるためには、メンバーズカードが必要なんだそうです。島谷さんはそれをお持ちだったのでしょうか？」

「何のメンバーズカードですか？」

本当に何のことかわからない様子だ。

「マリーナのメンバーズカードです。それがないと、桟橋《さんばし》へは入れません。つまり、船に近づくことができないんです」

「船に近づくことができない……？　でも船って海に浮いているんでしょう？　そして、

海はオープンです。海からなら誰でも船に近づけるんじゃないですか？」

「島谷さんが、海から船に近づいたとおっしゃるのですか？」

花岡は、しばらく考えてから、再び肩をすくめた。

「その可能性がないとは言えないでしょう」

今度は安積が考え込む番だった。

本当にその可能性はあるのだろうか。たしかに外海に向かってマリーナはオープンになっている。でないと、船が出航できない。

メンバーズカードさえあれば、二十四時間いつでも出航できるということだった。つまり、花岡が言うとおり、外海から繋留《けいりゅう》バースに侵入することは不可能ではない。

だが、さすがにそれは考えにくいと、安積は思った。

島谷彩子が海面を泳いで船に近づいた可能性よりも、彼女が柳井からメンバーズカードをもらっていた可能性のほうがずっと高い。

だからといって、花岡が言うことを否定することができないのも確かだった。彼が言うように、可能性がないとは言えないのだ。

「島谷さんが、柳井社長の船に乗るために、何度かマリーナを訪れているのを、職員の人が目撃しています。あなたは、そのことをご存じでしたか？」

「何度か船を訪ねているということを、ですか？　いいえ、私は知りませんでした」

「おたくのタレントさんなのに？」

「プライベートでは、何をやっているか知りませんよ」

「タレントさんのプライバシーを大切にするということですね？」

「当然です」

「あらためてうかがいます。柳井社長と島谷さんの関係は？」

「芸能事務所の社長とタレントの関係です」

安積はしばらく花岡を見つめていた。今嘘《うそ》をついたり隠し事をしても、いずれはしゃべることになる。それを無言でわからせたかった。

やがて安積は言った。

「お忙しいところ、お時間をいただきまして、ありがとうございました。ご協力を感謝します」

8

夕刻になると、捜査員が続々と帰ってくる。上がり時間は八時だが、戻ってから報告書や交通費精算等の書類作りがある。だから早めに戻って来る者もいる。

一方で、ぎりぎりまで聞き込みに回りたいという連中もいる。警察官にもいろいろだ。早めに戻ってきちんと書類を作るのはだいたい役人タイプだ。それに対して、上がりの時間間際まで聞き込みをしたがるのは職人タイプが多い。

特に報告すべきことがあれば、捜査員たちは直接管理官のもとにやってくる。須田が出入り口に姿を見せた。

彼はいつも黒木にしているように、相棒となった捜査員に何事か話しながら入室してきた。相手が誰であろうと、習慣を変えようとはしないのだ。

須田の相棒は警視庁本部捜査一課の矢口雅士《やぐちまさし》という若い刑事だった。以前、ある事案の捜査本部で安積と組んだことがあった。

そのときはなぜか速水もいっしょで、かなり生意気な態度の矢口は、速水からずいぶんと教育を受けた。

その甲斐《かい》があったのかどうか、安積にはわからない。たしかにあのときは、おとなしくなった。だが、警視庁本部に戻ったら元の木阿弥《もくあみ》ということもあり得る。

須田は話をしながら、管理官席に近づいてきた。何か報告したいことがあるようだ。

須田は矢口に話すのをやめ、安積と相楽を交互に見た。

「あれ、管理官や佐治係長は？」

「今、休んでいる。夜の捜査会議には出席する。その後、二人は夜勤について、俺たちは休憩する」

「じゃあ、係長に報告すればいいですね？」

「ああ、そうしてくれ」

「俺たちまた、マリーナに聞き込みに行ったんです。柳井社長の船にはどんな人がいっしょに乗っていたのか調べようと思いまして……」

「管理官席に報告に来たということは、誰か鑑が濃い人物がいたのか？」

「いえ、柳井社長の船の同乗者は、テレビのプロデューサーとか有名な映画監督とか、それなりの立場の人たちですが、特に鑑が濃いということはありません。政治家も一人いましたけど……」

「政治家……？」

「与党の重鎮です。まあ、別に驚きませんけど……」

「それも別に事件とは関《かか》わりはなさそうなんだな？」

「ないと思います。これまでに柳井社長といっしょにマリーナで目撃されている人物はリストにしておきます」

「じゃあ、なんでわざわざ報告に来たんだ」

「同じマリーナに、石黒雅雄のプレジャーボートが繋留されているんです」

安積は戸惑った。

水野と石黒雅雄の話をしたのを思い出していた。覚醒剤《かくせいざい》の所持と使用で逮捕され、東京湾臨海署に留置されていたのだ。

だが、その石黒と今回の事件と、どういう関係があるのだろう。

安積は須田に尋ねた。

「それがどうしたというんだ？」

「ええ、係長が言いたいことはわかりますよ。あのマリーナを利用している有名人はいっぱいいますし、石黒雅雄が柳井社長と同じマリーナに船を繋留していたからといって、別に怪しいわけじゃありませんよね」

「そう考えるのが普通だと思う」

「でもね、なんだか引っかかるんですよね……」

安積は相楽の表情をそっとうかがった。

須田の言うことなど、はなから相手にしないのではないかと思った。だが、相楽は真剣な顔で須田を見ている。

安積は須田に眼《め》を戻して言った。

「石黒雅雄の所属事務所のブラックロックプロは、プロダクションサミットから独立したということだな。たしかに、柳井社長とまったく無縁というわけじゃないが……」

「係長、よくご存じですね」

「水野から聞いたんだ」

「ただ、系列というだけでなく、きっともっと関わりがあるんじゃないかと思います。調べてみようと思うのですが……」

他の捜査員が、同じことを言ってきたら、安積は考え込んだかもしれない。だが、須田が言うことは否定しないほうがいいと安積は考えていた。

経験上、須田の言うことは決して無視するべきではないのだ。

だが、相楽はそう思わないかもしれない。そして、佐治係長や池谷管理官も……。

安積がそう思ったとき、須田の隣にいる矢口が言った。

「自分は時間と労力の無駄だと思うんですけどね……」

安積と相楽は同時に彼のほうを見た。矢口は平然と言葉を続けた。

「船を持っている有名人なんてたくさんいますし、その多くがあのマリーナに繋留しているでしょう。その中の何人かは柳井社長と知り合いなはずです。マリンセンターで知り合うこともあるでしょうし……。石黒雅雄が船を持っていて、それをあのマリーナに置いているからといって、いちいち調べることなんてないでしょう」

どうやら速水の教育は、それほど功を奏していなかったようだと、安積は思った。

安積が反論するよりも早く、相楽が言った。「無駄足も刑事の仕事のうちなんだよ」

矢口が言葉を返す。

「時間も人員も限られているんです。効率を考えるべきです」

「効率なんぞは、民間企業に任せておけ。警察官はな、決して取りこぼしをしちゃいけないんだ。だから、どんなに効率が悪いと思っても徹底的に調べるんだ」

矢口は、それ以上は何も言わなかった。

安積は相楽に尋ねた。

「須田が言うとおり、調べるべきだということか?」

相楽はそっけなく言った。

「捜査員が気になるというんですから、調べればいいんです」

安積は須田に眼を移して言った。

「そういうことだ。調べてみてくれ」

須田が言う。

「場合によっては、石黒雅雄を任意で引っぱってもいいですか?」

「必要だと思うなら、やってくれ」

「わかりました」

須田が管理官席を離れていった。

安積は、再びそっと相楽の様子を見た。彼は、パソコンの画面を見つめている。

今回いっしょに管理官席にいて、何度か相楽の意外な面を見たような気がしていた。

彼が警視庁本部捜査一課にいた頃《ころ》や、臨海署に来たばかりの頃は、異常なくらいに安積にライバル心を燃やしていた。

今でも基本的にはそれは変わらないが、多少落ち着いてきた感がある。

安積のほうの見方が変わったせいもあるのだろう。今までは、やたらに対抗心をむき出しにしてくるうっとうしいやつと思っていた。それ以外の面を見ようとはしなかった。

人にはいろいろな側面があるということなのだろうと、安積は思った。

須田以外の安積班の連中も戻ってきた。

七時頃黒木が戻ってきた。彼は、捜査一課のベテラン捜査員の一人と組んでいた。黒木なら誰が相手でもうまくやるだろうと、安積は思った。

次に帰って来たのは、水野だった。彼女も捜査一課のベテランと組んでいた。若い連中を水野と組ませると、仲間にやっかまれる恐れがある。

仕事なのだからそんなことを気にする必要はないのかもしれない。また、最近そういうことを言うとセクハラになりかねない。

だが、この世に男と女がいる限り、決して避けられない問題だ。だから、若い捜査員を水野と組ませて、捜査本部内に妙な軋轢《あつれき》を生む危険は避け、捜査一課殺人犯捜査第五係で一番年上の捜査員と水野を組ませることにした。

相楽によると彼は、佐治係長よりも年上だという。彼なら誰も何も言えないというわけだ。

次に戻って来たのは、村雨だ。彼は逆に、警視庁本部の若手と組んでいた。彼ならいい教育係になるだろうと、安積は思っていた。

安積班で一番最後に戻って来たのは、桜井だった。彼は、珍しく警視庁本部捜査一課の若手と組んでいた。

本来なら、教育係を兼ねたベテランと組ませたいのだが、水野が大ベテランと組んでいるので、組み合わせのバランスを取らなければならなかった。

桜井は村雨の教育のおかげで、職人気質《かたぎ》の刑事に育ちつつあるようだ。村雨より先には戻れないと考えているのか、彼が戻ってきたのは上がりの時間である八時ちょうどだった。

結局、管理官席に報告に来た捜査員は、須田だけだった。

池谷管理官が安積と佐治係長が休憩を終えて戻って来た。

池谷管理官が安積と相楽の両方に尋ねた。

「何か進展は？」

安積がこたえた。

「島谷彩子は、柳井武春の愛人だったという証言を得ました」

「誰の証言だ？」

「島谷彩子のマネージャー、ＥＺプロダクションの宮坂早紀です」

「そいつは信憑性《しんぴょうせい》があるな。誰が聞き出した」

それにこたえたのは、相楽だった。

「安積係長自ら聞き出されたんです」

それを聞いた佐治が尋ねた。

「安積係長が？　ここに詰めていたんじゃないのか？」

安積は説明した。

「被害者の遺体を解剖してくれると、大学から連絡がありました。遺体を搬送する前に、EZプロダクションの社長と担当マネージャーに面会を許可しました。そういう希望がありましたので……」

遺体なのだから面会というのは変かもしれない。だが、そう言いたかった。

佐治が言った。

「独断で許可したのか？」

「はい、そういうことになります」

佐治は何か文句を言いたそうだったが、それよりも先に、池谷管理官が言った。

「それは別にいいよ。関係者のそういう要望には逆らえない。それで……？」

安積は説明を続けた。

「おそらく遺体と対面して、犯人を許せないという気持ちが強まったのでしょう。宮坂早紀は、隠し事などせずに警察に全面的に協力する気になったのだと思います。自ら進んで証言をすると言い出したのです」

　相楽が言った。

「遺体との対面を許可したからこそ得られた証言です」

　それを聞いても、佐治は何も言わなかった。

　池谷管理官が尋ねた。

「その他には？」

　安積は、須田が言ったことを報告すべきかどうか迷った。だが、どんな些細《ささい》なことも報告しておくほうがいいと思った。後になって、「どうしてそのときそれを言わなかった」と責められることになるのは避けたい。

「石黒雅雄がプレジャーボートを所有しており、柳井社長と同じく江東マリーナに繋留しているることを調べだした捜査員がいます」

　池谷管理官と佐治係長は、同様に怪訝《けげん》そうな顔をした。

「石黒雅雄って、あの俳優の？」

　池谷管理官の質問に、安積はこたえた。

「はい。歌手でもあります」

「それがどうかしたのか？」

「その捜査員によると、どうも気になるのだそうです」

「気になる……？　何が？」

「石黒雅雄の所属事務所であるブラックロックプロは、柳井社長のプロダクションサミットからのれん分けしたんです」

「それで？」

「今のところはそれだけですが、いちおう柳井と関係があるので、洗っておいたほうがいいかと思いまして……」

それに反応したのは佐治だった。

「そんな必要あるのか」

安積は言った。

「捜査員が必要があると判断したんです」

「プロダクションサミットは大きな芸能事務所だ。そこに関係しているタレントや役者は山ほどいる。石黒雅雄もその一人に過ぎない。それが船を持っていて、柳井社長と同じマリーナに繋留しているからといって、何を疑う必要がある？」

「何もないかもしれないし、何かあるかもしれない。それは洗ってみないとわからない。そういう場合は調べてみるべきでしょう」

「時間と労力の無駄だよ」

矢口とまったく同じことを佐治が言ったので、安積は、なるほどなと思った。

佐治が指導をしている限り、矢口の態度は改まらないだろう。

「少しでも引っかかりがあれば、洗っておくべきです」

「誰がそんなことを言ってるんだ？」

「誰が言ったのかは重要ではありません」

「俺が知りたいと言ってるんだ。誰が言い出したんだ？」

「うちの須田です」

「あんたは、自分の部下が言い出したことだから無視できなかった。それだけのことじゃないのか」

「須田に言われて、洗ってみるべきだと思ったのです」

そのとき、池谷管理官が言った。

「誰かが調べたいと思っているのなら、調べるべきだろう。別にそれほどの手間じゃない。須田にはどう言ったんだ？」

安積はこたえた。

「必要ならやれと言いました」

池谷管理官がうなずいた。

「それでいい」

管理官が判断したことなので、佐治係長もそれきり何も言わなかった。

そこに強行犯第二係の若い刑事が近づいてきた。日野渡《ひのわたる》という名の巡査長だ。

「相楽係長に言われたことを、ちょっと調べてみました」

池谷管理官が尋ねた。

「相楽係長に言われたことって何だ？」

相楽がこたえた。

「刑事部長と柳井社長の関係です」

池谷管理官が眉《まゆ》をひそめた。

「なんだって……。どうしてそんなことを……」

ここで自分が黙っているわけにはいかないと安積は思った。

「私が相楽に相談したのです」

池谷管理官が安積を見て言った。

「何をどう相談したんだ？」

「捜査会議で、柳井社長の名前が出たとき、刑事部長がこう言ったのです。まさか柳井社長が被疑者ということはないだろうな、と……」

「そうだったかな……」

池谷管理官が覚えていないはずはない。彼が、「そういうことも、あり得ないことではない」と言って、捜査員たちに妙な圧力がかからないようにしたのだ。おそらくそのことを話題にしたくないだけなのだろう。

安積は言った。

「たしかに、刑事部長は柳井社長のことを気にしている様子でした」

「それで調べてみようと……？」

その質問には、相楽がこたえた。

「安積係長が懸念されている様子だったので、自分が調べてみましょうと言ったのです」

池谷管理官は、「しょうがないな」というふうにしかめ面で溜《た》め息《いき》を洩《も》らした。

刑事部長は、白河耕助《しらかわこうすけ》という名で五十代半ばのキャリア警視長だ。その名前を呼ぶのも
畏《おそ》れ多いほど、安積たちから見ると雲の上の存在だ。

だから、みんなは単に「刑事部長」と呼んでいるのだ。

池谷管理官が日野に言った。

「それで、何がわかったんだ？」

日野がこたえた。

「部長と柳井社長は、ゴルフなどの付き合いがありますね」

安積は考え込んだ。それが捜査に影響することがあるだろうか。

そのとき、「起立」の号令がかかった。

白河刑事部長が、捜査一課長、野村署長とともに入室してきた。

9

すぐに捜査会議が始まった。

池谷管理官が、幹部席の面々に今日収集した情報を報告した。

幹部席には、白河刑事部長と捜査一課長、そして、臨海署の野村署長と榊原刑事組対課長が並んで座っている。

捜査一課長の名前は田端守雄《たばたもりお》。五十歳で、刑事畑一筋のノンキャリアだ。捜査のことをよくわかっているし、現場の捜査員を大切にするので人望がある。

池谷管理官の報告を聞き終わり、最初に発言したのは白河刑事部長だった。

「被害者が、柳井社長の愛人だったたって……」

池谷管理官は、一瞬戸惑った後にこたえた。

「はい。そういう証言を得ています」

「被害者のマネージャーだった女性が証言したんだったたな？」

「そうです」

「それは信頼できる情報なのか？」

「直接話を聞いた者から報告させます」

「そうしてくれ」

池谷管理官は安積を見た。安積は立ち上がり、言った。

「証言をしたマネージャーの宮坂早紀ですが、最初に話をしたときは、被害者の島谷彩子が夜中に柳井氏のプレジャーボートを訪ねた理由については知らないと言っておりました。また、柳井氏と島谷彩子の関係を尋ねたところ、あくまでも芸能事務所の社長とタレントという関係だとこたえました」

「つまり、愛人関係を否定していたんだね？」

白河部長は、「否定」を強調するように言った。安積は圧力に負けないように腹に力を入れた。

「宮坂早紀は、霊安室で島谷彩子の遺体と対面しました。それで気持ちが変わったようでした。つまり、本当のことを言おうと決心したのだと思います」

「本当のことかどうか、裏は取っていないのだね？」

もちろん裏は取る。だが、実はその必要がないくらいに事実であるのは明らかなのだ。

安積はそう思ったが、それは言わないことにした。

「まだ取っていません」

「では、本当のことという言い方は正しくない。宮坂というマネージャーの単なる思い込みかもしれない」

白河部長は事実をねじ曲げようとしている。安積はそう感じた。裏を取っていないとか、本当のことという言い方は正しくないとか、ちょっと聞くと正論のようだが、実は欺瞞《ぎまん》だ。理由は明らかだ。疑いの眼《め》を柳井からそらしたいのだ。

捜査員たちが圧力を感じるようなことがあってはならない。安積はそう思い、言った。

「宮坂早紀は、周知の事実であるように語っていました。おそらく、多くの人がそれを知っているのでしょう」

「君の言い方は、正確さを欠いているな。もし裁判になって、相手の弁護人に突っ込まれたら、それで終わりだ。いいから、裏を取りなさい」

ここはただ「はい」と返事をすべき場面だ。刑事部長の機嫌を損ねるようなことをして、いいことは一つもない。

捜査員たちも、管理官席の連中も、冷や冷やした顔で安積の様子をうかがっている。それが気配でわかる。

だが、安積はここで引くわけにはいかないと思った。

「根拠が必要なことは充分に承知しております。それと同時に、疑うべき事柄を、ちゃんと疑うことも重要なはずです」

部屋の中がしんと静まり返った。張り詰めた雰囲気になる。誰《だれ》もが、安積と白河部長に注目していた。

白河部長が雷を落とすかもしれない。それだけで済めばいい。部長に逆らった安積は、何らかの処分を受けることになるかもしれない。

一般企業とは違う。それが警察という組織だ。

そのとき、田端捜査一課長が笑い出した。誰もが、驚いて田端課長を見た。

「安積係長よ」

田端課長が言った。「誰も、今さらおめえさんに捜査のイロハを教えようなんざ思ってねえよ。おめえさんが言うとおりだ。やるべきことをやってくんな」

時折、田端課長はこうしてべらんめえ調になる。場を和ませようとするときもそうだが、本気になって何かに集中したときにも、そうなる。

捜査員たちの緊張が一気にほぐれるのがわかった。安積は、白河刑事部長と田端課長に礼をして着席した。

佐治係長がちらりと冷ややかな眼差《まなざ》しを向けてきた。安積は見ない振りをしていた。

白河部長は、それきり何も言おうとしない。彼はよほど柳井と親しいのか……。あるいは、何か弱みを握られているのだろうか。

柳井を守ろうとするのは、いわゆる忖度《そんたく》というやつかもしれない。

田端課長が言った。

「石黒雅雄のことを調べるということだが……」

池谷管理官がこたえた。

「はい。そうです」

「理由がよくわからない。もう一度説明してもらえるか」

「石黒雅雄は、ご存じのとおり、一年ほど前に覚醒剤《かくせいざい》所持と使用の容疑で逮捕され、この臨海署に留置されていたことがあります」

「それで……？」

「その石黒が、柳井社長と同じマリーナと契約しています」

「それが何か問題なのか？」

「気になるという捜査員がおりますので……」

「誰だ？」

田端課長はそう言って、捜査員席を見回した。捜査員たちも、誰だろうという面持ちで左右を見ている。

この場面で知らんぷりはできない。安積は挙手をして言った。

「私が調べるように指示しました」

田端課長が言った。

「気になるって言ったのは、おめえさんってことかい？」

「いいえ。そうではありません。そう言ったのは、私の部下です」

「その捜査員から直接話が聞きてえんだがな」

安積が躊躇《ちゅうちょ》していると、捜査員席の須田が立ち上がった。

「あのお……。気になると言ったのは自分でして……」

捜査員たちが一斉に須田に注目する。幹部たちも同様だ。

この状況は、須田には酷だ。安積はそう思った。案の定、須田はすでに額に汗をかきはじめていた。

須田、安積、池谷管理官の三人が立っている。

須田をこのままさらし者にはしたくない。そう思い、安積は立ちつづけていた。だが、池谷管理官が着席して、安積を見ていた。無言で座るように促しているのだ。

それに気づいて、安積は腰を下ろした。

田端課長が須田に言った。

「ええと、たしか須田だったな?」

「はい」

「いったい何が気になったんだ? マリーナにはいろいろな客が契約しているんだろう? 石黒雅雄が契約していても別に不思議じゃねえ」

「石黒雅雄は、プロダクションサミット系の事務所に所属してます」

「なら、なおさら柳井社長と同じマリーナと契約しているのは、不自然じゃねえな。柳井社長がマリーナを紹介したのかもしれねえ」

「ええ……。ちょっと考えれば、たしかに不自然じゃないですよね。でも、どうにも気になるんです」

「何がどう気になるんだい?」

「まず、時間ですね」

「時間……」

「犯行があったのは、深夜から未明にかけてのようです。その時間帯にマリーナの繋留《けいりゅう》バースに行けるのは、メンバーズカードを持った者だけなんです」

「マリーナのメンバーズカードか？」

「はい。メンバーズカードには三種類ありまして……。まず、オーナーカード、共同オーナーカード、そしてクルーカードです。オーナーカードや共同オーナーカードは船の持ち主のカードですね。クルーカードは乗組員のためのカードです。契約のときにこの三枚のカードをもらえます。追加発行には一枚につき五千円かかります」

「だから……？」

「石黒雅雄や、彼の船の乗組員は、犯行時間に自由に繋留バースに近づけた、ということなんです。自分は、調べてみるべきだと思いました」

「一度逮捕されているから、偏見があるんじゃないのか？　逮捕はされたが起訴猶予だったんだ。偏見はいけねえ」

須田はぶるぶるとかぶりを振った。

「偏見なんかじゃありません。覚醒剤についてはまったく関係ない話だと思っています」

田端課長はうなずいてから言った。

「安積係長。須田の話に納得したわけだな？」

納得したわけではない。だが、認めたことは確かだ。こういうときに言い訳をしたくないと、安積は思っている。

「須田の言うことを信じて、捜査することを認めました」

田端課長は、もう一度うなずいてから、白河部長のほうを見た。

「どうですか？」

尋ねられて、白河部長は少し慌てたような表情になってこたえた。

「余裕があるなら、やればいい」

田端課長が須田に言った。

「もし、石黒雅雄を引っぱるようなことになったら、くれぐれもマスコミに注意してくれ」

須田はぴんと背中を伸ばしてこたえた。

「はい、わかりました」

田端課長は、幹部席の左右を見ながら言った。

「他に何かありますか？」

白河部長と野村署長がかぶりを振った。

田端課長がうなずきかけると、池谷管理官が言った。

「では、捜査会議を終了します」

「今日は私と佐治係長が、夜勤をやろう」

池谷管理官が言った。「明日の夜の捜査会議まで私らが見るので、安積係長と相楽係長は休んでくれ」

まだそれほど疲れてはいない。だが、休めるうちに休ませてもらおうと、安積は思った。当番制にしたとはいえ、日中は四人顔をそろえていたほうがいいだろう。そして、明日は安積たちが夜勤をやるのだ。

食事をしてから睡眠を取ることにした。捜査本部にいると、そのどちらもおろそかにしがちだ。だが結局、うまく食事と睡眠を取っている者が頼りになるのだ。

食事を抜くと体力が衰え、睡眠を削ると気力が衰える。

講堂を出ると、安積は相楽に言った。

「俺は、ちょっと強行犯係に行ってくる」

「自分もそう思っていたところです」

行っても誰もいないのはわかっている。みんな捜査本部に吸い上げられたのだ。それでも様子を見たいと思ってしまう。

相楽とともに刑事組対課のフロアに行く。安積は強行犯第一係に、相楽は第二係に向かった。驚いたことに、須田が自分の席にいた。

「どうしたんだ？」

「あ、係長……。さっきはすいませんでした」

「別に謝ることなどない」

「ちょっと、調べ物をしようと思いましてね」

須田はノートパソコンを使っていた。

安積にとってパソコンは、書類を書いたりメールを読むための機械でしかないが、須田にとってはまったく違う。

安積に言わせれば、須田が触るだけでパソコンは魔法の杖《つえ》になる。

今どき、どこでもインターネットに接続できる。捜査本部でも調べ物はできるはずだ。

だが、須田は自分の席に戻っている。たぶん、捜査本部では落ち着かないのだろう。

「何を調べているんだ?」

「石黒雅雄について、ちょっと……。係長は?」

「別に用事があるわけじゃないんだが、係の様子を見ないと落ち着かない」

「そうですよね。俺もそうなんです」

「相棒の矢口はどうだ?」

「優秀だと思いますよ。なんせ、本部の捜査一課ですからね」

「俺にたてまえを言う必要はない」

「別にたてまえじゃないですよ」

組んでいる須田が問題ないと言っているのだから、それ以上追及する必要はないと、安積は思った。

他人に対する感じ方は、人それぞれだ。

そのとき、安積の携帯電話が振動した。登録していない番号からだ。

「はい、安積です」

「海堀《かいほり》だ」

「海堀……」

「海堀良一《りょういち》だ。覚えていないか」

安積は思わず、「あっ」と声を上げそうになった。

「失礼しました。ご無沙汰《ぶさた》しております」

海堀良一は、かつて目黒署でいっしょだった先輩だ。たしか安積より五歳年上だったはずだ。

「ご無沙汰はお互いさまだ。今ちょっといいか?」

安積は、ちらりと須田を見た。須田はパソコンでの調べ物に没頭している様子だ。

「はい、だいじょうぶです」

「タレント殺人事件の捜査本部にいるんだろう?」

「そうです」

「ちょっと会えないか?」

「もちろん、構いませんが……。いつがいいですか?」

「できれば早いほうがいい。今からどうだ?」

「問題ありません。どこにうかがいましょう」

「臨海署にいるのか？」

「はい」

「じゃあ、こちらから訪ねる。三十分以内に行く」

先輩に足を運ばせるのは心苦しかったが、会いたいと言い出したのは向こうだ。だから、海堀に従うことにした。

「わかりました。署でお待ちしております」

「できれば、捜査本部じゃないほうがいい」

なぜだろう。ふと、怪訝《けげん》に思ったが、何か事情があるなら、後で聞けばいい。

「強行犯第一係におります」

「強行犯第一係だな。わかった」

電話が切れた。

「じゃあ、お先に……」

相楽の声が聞こえた。

「ああ。お疲れさん」

相楽が部屋を出て行って、ほどなく須田が言った。

「じゃあ、俺も捜査本部に戻ります」

「帰らないのか？」

「やることはたくさんありますからね」

「公務員も労働時間を減らせというお達しが出ている」

「気をつけます。じゃあ……」

須田も部屋をあとにした。

それから十五分くらいで、海堀がやってきた。驚くほど昔と印象が変わっていない。少し白髪が増えたくらいだろうか。

「変わりませんね」

安積は思ったままを言った。すると、海堀が笑みを浮かべて言った。

「君は変わったな」

「そうですか?」

「ああ。ずいぶんと頼もしくなった」

「昔は頼りなかったということですね」

「若くて危なっかしかった」

安積は、応接セットのソファに座るように勧め、自分も向かい側に腰かけた。

「お電話いただいて驚きました。どうなさいました?」

「タレント殺人の件だ。柳井を引っぱるのか?」

安積は驚いた。

「それは幹部が判断することです」

「そんなこたえを聞きたいんじゃない。事件の概要は聞いた。被害者の遺体は、柳井の船のすぐ近くで発見されたんだろう？　彼女のサンダルが柳井の船の甲板から発見されたとも聞いた」

「はい。それは事実です」

「そして、被害者が柳井の愛人だったという噂《うわさ》もある」

海堀は、「噂」と言った。マネージャーの宮坂早紀が、はっきり愛人だったと証言したことはまだ知らないらしい。

安積は言った。

「それが何か……」

「もし、柳井を引っ張れるのなら、余罪の追及をさせてもらいたい」

安積は戸惑った。

「そんなことを、俺に言われましても……」

「安積」

海堀は言い聞かせるような口調になった。「俺は、柳井から話が聞きたいんだ。どうしても、な」

安積は戸惑った。

「どういうことなんです？　事情を説明していただけますか？」

海堀は短い沈黙をはさんだ。どこから説明すればいいか考えているような様子だった。

やがて彼は話しだした。

「俺は今、捜査一課の特命捜査対策室にいる。特命捜査第四係だ」

「継続捜査ですか」

「そうだ。十三年前のことだ。ある芸能事務所の社長が変死した」

「変死……？」

「自宅で火事があってな。その敷地内で、焼死体で発見されたんだ。当時、所轄署では事件性なしとして捜査を打ち切った」

「それを調べているわけですか？」

「二〇一〇年の公訴時効の改正に先駆けて、特命捜査対策室ができ、そこでその事件を洗い直すことになった。遺体の肺と気管を調べた結果、煙を吸った形跡がなかったという資料が出て来たんだ」

「つまり、焼死したのではなく、死んでから焼けたということですか？」

「そうだ。殺人及び死体遺棄事件の疑いが浮上してきたわけだ」

「事件当時、その資料は取り沙汰されなかったんですか？」

「問題にされなかった」

「なぜです？」

海堀は肩をすくめてこたえた。

「判断のミスは、いついかなるときでも起こり得る」

「あってはならないことです」

海堀の眼差しが厳しくなった。すると、さらに昔の印象に近づいた。

「あるいは、もみ消したか……」

「もみ消した……？」

「そう。何かの圧力がかかったのかもしれない」

「圧力……」

「その芸能事務所の社長は、大物芸能人の移籍に関してトラブルを抱えていた」

「トラブル……？　その大物芸能人というのは？」

「石黒雅雄だ」

「え……」

安積は一瞬、言葉をなくした。

10

海堀が安積に尋ねた。

「どうした。そんなに驚くことか?」

「その名前を、今日聞いたばかりでしたので……」

海堀の眼がさらに厳しくなる。

「捜査本部で聞いたのか?」

「そうです」

「どういう話だ?」

「柳井社長が使っているのと同じマリーナと、石黒雅雄も契約しているという話です」

「女性タレントの遺体が発見されたマリーナということだな?」

「そうです」

安積は、今すぐ須田に電話したくなった。須田は、十三年前の事件を知っていたのだろうか。

知っていたからこそこだわったのかもしれない。いや、偶然かもしれない。須田は妙な

「いや。確認を取ろうと思ったが、その話をしていたやつはすでに死んでいた」

「それも消されたのだと……」

「病死だということだが……」

安積はしばらく考えてから言った。

「考えられないことですが、もし、本当に当時、所轄に圧力がかかったのだとしても、今回捜査本部にそんなことがあるとは思えません」

「当時の所轄の署長ってのは、白河刑事部長のことだ。捜査本部長は白河部長なんだろう?」

安積は驚いた。

「待ってください。本当に同一人物なんですか?」

「そうだ。今は滅多にないが、当時はキャリアの若殿修行として警察署長になる例がけっこうあった」

警視庁傘下の警察署長はたいてい、警視正がなる。ノンキャリアで警視正というのは、相当に経験を積まなければならないので五十歳過ぎでなることが多い。警視正に届かずに退官する警察官のほうが圧倒的に多い。

一方で、キャリアはだいたい三十五歳くらいで警視正になる。かつては警察署で経験を積むために、この段階で署長になることがあった。

海堀が言った「若殿修行」というのはそのことだ。

白河部長は五十代半ばだった。正確には五十三歳だったと思う。三崎の件があったのが十三年前だということだから、当時は四十歳で、白河部長はキャリアだからたしかに警視正の階級だったはずだ。

「じゃあ、その当時から白河部長と柳井社長は知り合いだったということですね？」

「そう聞いている」

「二人はゴルフをするような仲だということですが、そういうことだったんですか……」

「だから、捜査本部に乗り込んで行くことはできない。部長に知られないように、柳井から話を聞きたいんだ」

安積は戸惑った。

「しかし、俺にはそんな力はありません」

「何とかしてくれ」

困ったときには、すぐに上司に相談しろと、常日《つねひ》頃《ごろ》部下に言っている。そして、これまで安積自身もそうしてきた。

仕事のトラブルを抱え込んで、一人で悩むのはばからしい。そのために上司がいるのだと、安積は思っている。

だが、今回ばかりは上司に相談するわけにはいかないと思った。海堀は内密に動こうとしている。

捜査を慎重に進めなければならないことはよく理解できる。芸能界に疎《うと》くても、柳井の交際範囲がずいぶんと広いことはわかる。

まさかとは思うが、白河部長がかつて、柳井に圧力をかけられて証拠を握りつぶしたのだとしたら、今回も同じことをやる恐れがある。

海堀はそれを恐れているのだろう。

へたに動くと藪蛇《やぶへび》になる恐れがある。つまり、白河部長に警戒心を抱かせてしまうとまずいということだ。

だから海堀はあくまで、水面下で動きたいということなのだろう。

海堀が言った。

「柳井が芸能界で何をやろうが勝手だ。周囲の者が柳井の名前を使って恐喝まがいのことを日常的にやっているのだという」

「恐喝まがいですか」

「暴力団との関係をちらつかせて逆らわないように脅すわけだ。そうすることが莫大《ばくだい》な利益に結びつく世界なんだ。今でこそそんなに社会的な影響はなくなったが、かつては音楽賞を受賞することはＣＤの売り上げに直結した。柳井はさまざまな音楽賞を牛耳っていると言われている」

「音楽賞なんて、俺は子供の頃に見た記憶しかありませんが、昔はずいぶんと華やかでしたね」

「テレビの歌謡番組を家族みんなで見ていた。その年のヒット曲は、老若男女すべてが知っていた。そういう時代があったんだな。そして、そういう時代に柳井は絶大な力を手に入れたというわけだ」

「CDも売れなくなったし、テレビで歌謡番組を見ることもなくなりました。……ということは、相対的に柳井社長の影響力も落ちてきているということじゃないんですか」

「芸能界の利権というのは、眼に見えるところだけにあるわけじゃないんだ。音楽がネット配信中心になると、CDとかの実売ではなく、音楽出版などの権利で稼ぐのが主流になってくる。ネットで流れようが、カラオケで流れようが、放送で流れようが、権利さえ押さえていれば金が入ってくるわけだ。柳井は、自分の事務所の所属タレントだけでなく、よそのタレントの音楽出版権も数多く押さえているから、その影響力はあまり衰えていない」

「よそのタレントが権利を柳井社長に預けて、何かメリットがあるんですか？」

「プロモーションを任せるわけだ。柳井のプロモーションの力は絶大だからな。なにせ、音楽賞を思い通りの歌手に取らせることができるくらいだからな」

本当だろうか。安積はまだ、柳井にまつわる噂や伝説の類《たぐい》に対して半信半疑だった。

だが、考えてみれば海堀は、三崎の事案を担当してから詳しく柳井について調べたはずだ。

その海堀が言うのだから、間違いないのかもしれない。

「若い頃より、交際範囲も広がっているでしょうしね」

「ああ、そのとおりだ。柳井は、芸能界や音楽業界の人脈だけじゃなく、放送局や新聞社といったマスコミにも顔が利く。さらに、政治家にも知り合いは多いし、白河部長のように警察にも人脈を持っている。文科省の官僚にも知り合いがいるようだな」

「そんな人物が、罪を犯すでしょうか？」

何気なく言ったその一言に対する海堀の反応は大きかった。きっ、と安積の顔を見て、鋭く睨《にら》みつけたのだ。

「柳井は元マルBだ。いや、ただそれだけじゃない。今でもマルBとの関係が切れていない。元ヤクザだって、更生している人は大勢いる。だが、柳井のように足を洗ったと言いながら、マルBの影響力を利用するようなやつは、今でもヤクザと同じだ」

マルBというのは暴力団員のことだ。

たしかに、自分の過去やその類の知り合いを利用しているようなやつらは、マルBを辞めたと言ってもマルBと変わらない。安積もそう思う。

しかし、実際に柳井はどうなのだろう。

安積は、彼と会ったときのことを思いだしていた。たしかに独特の威圧感があった。だが、それはこちらの思い込みのせいもあるのではないだろうか。

安積が黙っていると、海堀がさらに言った。

「そんなやつらは、日常的に犯罪すれすれのことをやっているんだ。厳密に言えば傷害罪になるような精神的苦痛を誰かに与えているだろうし、恐喝に当たることもやっている。

それで食っているということは、事実上マルBだってことだ」

「そう言えば、海堀さんはマル暴の経験があるんでしたね」

かつての捜査四課は暴力団担当で、マル暴刑事と呼ばれた。所轄で言えば、刑事課暴力犯係だ。

今では、組対部の組対四課がそうだ。海堀は、その組対四課にいたことがある。

「ああ。だから、マルBがどんなやつらかよく知っている。柳井は間違いなくそちら側の人間だ。だから、どんな立場になっても罪を犯すんだ」

「自分の会社を構え、大きな影響力を持ち、政治家にまで人脈を持っているんです。自分が犯罪者になるとどれくらい社会的なダメージがあるか、よくわかっているはずです」

「それでも、あいつらはやるんだよ。犯罪者となるデメリットよりも、相手をびらせることで手に入る金や利権といったメリットのほうが大きいと考えているんだ」

「殺人犯として裁きを受けることより大きいデメリットなんてないはずです」

「みんながそれをちゃんと理解していれば、世の中に犯罪組織なんてなくなるんだよ」

言われてみればそのとおりかもしれない。海堀には海堀なりの経験と考えがあるのだろう。

「三崎を殺したのは柳井社長だということですか？」

海堀は、はっきりと肯定しなかった。彼も確信を持てずにいるのかもしれない。

「もう一度言うが、やつが芸能界で何をやろうが知ったことではない。だが、人を殺したとなれば、放《ほう》っておくわけにはいかない」

「彼の殺人教唆《きょうさ》を疑っている者はたくさんいるようですが……」

「噂はいろいろあるよ。だが、噂は噂だ。だから俺は、取調室であいつから話を聞きたいんだ」

安積はうなずいた。

「わかりました。できる限りのことはやってみます」

「頼んだぞ」

海堀は立ち上がった。

安積も立ち上がる。

「じゃあ、また連絡する」

海堀は足早に出入り口に向かった。警察官はみんな、歩くのが速い。だが、海堀は特にそうだった。

あの人は昔からせっかちだったな……。

安積はそんなことを思いながら、その後ろ姿を見送っていた。

強行犯第一係も第二係もすでに無人だった。どこの係にも当番の者がいるのだが、捜査本部に人員を吸い上げられているからだ。その分を他の係でカバーしてくれているはずだ。

フロアに人はまばらだ。榊原課長も捜査本部にいたが、今はもう引きあげているかもしれない。

安積は自分の席に戻り、しばらく海堀から聞いた話について考えていた。どうにも困った頼み事だった。

一人で背負い込むのは、やはり愚かだと思った。自分にはない知恵を持っている者がいるはずだ。あるいは、自分にはない権限を持っている者が……。

相談するとしたら誰だろう。

捜査本部の幹部は避けたほうがいいだろう。白河部長に情報が洩《も》れる危険が高い。つまり、田端捜査一課長、野村署長、榊原課長、そして、池谷管理官もだめだ。

佐治係長には、はなから相談する気はない。

上司がだめなら身近な者だ。

須田が頭に浮かんだ。きっと彼なら、海堀の言うことを理解できるだろう。そして、安積と同じような考え方をするはずだ。

だが今は、むしろ抑止力となるような意見がほしい。でないと、自分は海堀と共に突っ走ってしまいそうな気がする。

だとしたら、速水か……。いや、彼も「やりたいようにやれ」と言うに違いない。それでは参考意見にならない。

次に思い浮かんだのは村雨だった。

こういう場合は、須田の奇抜なアイディアよりも、村雨の警察官としての良識のほうが頼りになる。

時計を見ると、十時十分だった。針の位置が一番美しく見えるので、アナログ時計の商品紹介などにこの時刻の写真を使うらしい。

安積は、村雨に電話をした。

「はい、村雨。係長、どうしました？」

「今どこにいる？」

「捜査本部です。そろそろ帰宅しようかと思っていました」

強行犯第一係の中で、村雨だけが妻子持ちだ。安積にも妻と娘がいたが、離婚したのでいっしょに暮らしているわけではない。

「ちょっと話せるか？」

「いいですよ」

「今、強行犯係にいる。こっちに来てくれ」

「了解です」

安積が電話を切って、五分後に村雨が現れた。すでに帰り支度をしている。

村雨は、自分の席に座った。

「何です、話って……」

「昔、目黒署でいっしょだった海堀という先輩がいる」

「海堀さんなら知っています。マル暴だった人ですね。たしか今は、特命捜査でしたか
……」

さすが村雨だと、安積は思った。警察内の事情に詳しいし、何事にもそつがない。頼りになるが、敵に回したくはないやつだ。

「今しがたここに来て、相談された」

「海堀さんが、ここへ？」

「そうだ」

「何の相談です？」

「もし、柳井社長の身柄を取るようなことがあったら、捜査本部には内緒で尋問したい、という相談だ」

村雨が眉《まゆ》をひそめた。

「どういうことです？」

安積は詳しく説明した。

話を聞き終えても、村雨は無言で考え込んでいた。安積は言った。

「正直、俺には荷が重い。白河部長が何を考えているかも、俺にはわからない。どうすべきか、意見を聞かせてくれ」

考え込んでいた村雨が、ゆっくりと顔を安積に向けた。

11

「それで、係長はどうしたいんです？」

村雨に尋ねられて、安積は言った。

「俺がどうしたいかが問題なんじゃなくて、どうすることが正しいのかという意見を聞きたいんだ」

「いや、重要なのはやはり、係長がどうしたいか、だと思います」

安積はしばらく考えてから言った。

「正直、どうしていいかわからないんだ。こっそり、捜査本部と関係ない者に被疑者の尋問をさせたとなると、捜査本部長である白河部長に逆らったことになる。かといって、海堀さんの要求を突っぱねるわけにもいかない……」

「係長は、柳井を被疑者だとお考えですか？」

安積は驚いて聞き返した。

「何だって？」

「今のお話は、柳井を被疑者として身柄を取るのを前提としていましたよね？」

言われてみるとたしかにそうだ。

「疑いを持っているのは確かだ。だが、まだ被疑者だと思っているわけではない」

村雨はうなずいた。

「私もそうです。ですから、柳井を引っぱるかどうか、まだわからないわけです」

「なるほど、海堀さんの要求について考える前にまず、それを考えなければならないな」

「ほかの者が早い段階で被疑者となれば何の問題もない、ということになります」

「そうだな。おまえの言うとおりだ」

「ただし、もし柳井が被疑者となり、身柄を取られた場合について、考えておかなければならないのも確かです。そうなれば、海堀さんの要求を断るのは難しくなります」

「そういうことだな」

「事実上、部長に知られずに海堀さんに尋問させるというのは、たいへん難しいと思います」

「だが、何とかしなければならない」

警察では先輩後輩の関係はかなり重視される。先輩の言うことには逆らえないのだ。村雨はそれを充分に承知しているはずだ。

村雨は言った。

「もし部長に知られても、部長が何も言えないような材料を手に入れておかなければなりませんね」

「おい」

安積はまた驚いた。

「それは部長の弱みを握るってことか？」

「もし、柳井と白河部長の間に何かがあるのだとしたら、それは捜査員として把握しておくべきです」

「部長と柳井社長はいっしょにゴルフをやる仲だそうだ」

今度は村雨が、驚いた顔を安積に向けた。

「ゴルフを……？」

「相楽班の日野が調べたことだ」

「どうして、日野が……」

「俺は捜査会議での部長の一言にちょっと疑問を感じた。それを相楽に話すと、相楽が洗ってみると言ったんだ」

「日野が調べたのは、それだけですか？」

「今のところは、な」

「もっと詳しく調べさせるべきですね」

「部長と柳井社長の付き合いについてか？」

「はい。部長の署長時代のこととか、調べておくべきでしょう」

「部長に知られたら、ただじゃ済まないな……」

「慎重にやるべきでしょうね」

刑事部長というのは、所轄の係長から見れば雲の上の存在だ。一般企業でいう部長とは比べものにならないくらいに偉いのだ。

なにせ、警視総監、副総監に次ぐ役職だ。それを洗おうというのだ。ちょっとやそっとの覚悟では済まない。

犯人が別にいればいいのだがな……。

安積はそう思った。

そうなれば、柳井の身柄を引っぱることもなく、海堀の要求について考える必要もなくなる。

いや、それは考えてはいけないことだ。その思いが捜査に影響するかもしれないのだ。

安積は小さくかぶりを振ってから、村雨に尋ねた。

「おまえはどう思う?」

「何です?」

「島谷彩子殺害の被疑者が、柳井社長かどうか……」

「正直に言うと、柳井で決まりだろうと思っていました」

「思っていた?」

「ええ。須田の話を聞くまでは」

「須田の話……」

「そうです。犯行時刻に、マリーナに侵入できたのは誰か、という話です。それで、柳井のアリバイを確認する必要が、さらに強まったと感じました」

「どういうことか、詳しく説明してくれ」

「島谷彩子の件に関しては、柳井は教唆《きょうさ》犯とは考えにくいということです」

「なぜだ？」

「現場が、柳井の船だからです。誰かにそんな場所で殺させるはずがないんです。自分が疑われるのが明らかですからね」

「おまえの言うとおりだな。もし、柳井社長が犯人だとしても、計画性は感じられないな」

「そうですね。船で二人で会っていて、何かのはずみで殺害したか……。凶器もその場にあった電気のコードを使っていたようですから……」

「あるいは……」

安積は考えながら言った。「柳井社長とは別の犯人がいた……」

「その可能性はあると思います。そうだとしたら、その犯人は柳井の犯行だと警察に思わせようとしたのかもしれません」

「実際、柳井社長は疑われている」

「そして、その人物は、マリーナのメンバーズカードを持っているのではないでしょうか。だから須田は、メンバーにこだわっているのでしょう」

村雨のおかげで、迷いが晴れたような気がした。やはり頼りになる男だと、安積は思った。

普段は、少々煙たく思っていて、こういうときだけ頼るのはずるいような気がする。村雨に申し訳なく思うが、今さら付き合い方を変えられるとも思えない。

「石黒の件を調べている須田をフォローしてやってくれるか」

「もちろんです。白河部長と柳井の関係についてはどうしますか？」

「それは俺に考えがある」

「わかりました。他に何か？」

「帰宅するところだったんだろう。引き止めて済まなかった」

「とんでもない。じゃあ、失礼します」

村雨が去って行った。

彼に相談してよかったと、安積は改めて思った。

ぐっすりと眠り、気分も軽くなった安積は、翌朝、捜査会議の前に、相楽を捕まえようとしていた。

午前八時を過ぎた頃《ころ》、相楽が捜査本部に姿を見せたので、安積は管理官席を立ち、彼に近づいた。

「ちょっと来てくれるか？」

「何です？」

安積は相楽を廊下に連れ出した。

「白河部長と柳井社長の件だが、日野はまだ調べているのか？」

「取りあえず、昨日の報告で一段落していると思いますよ。捜査本部の本来の捜査もありますからね」

「さらに調べてもらえないか？」

相楽が興味を引かれた様子で言った。

「何かあったんですか？」

すべてを話すべきかどうか考えた。事情を知っている者は少ないほどいい。本来なら、村雨にも話すべきではなかったかもしれない。

知っている者が多ければ、それだけ漏洩《ろうえい》の危険が高まる。

しかし、相楽には話すべきだと、この時安積は思った。理由も話さずに、ただ「調べろ」とは言いにくかった。彼は、納得すれば協力してくれるはずだ。

「実は」と前置きして、安積は話しはじめた。できるだけ簡潔に、海堀の要求について説明し、さらに、村雨と話し合ったことを伝えた。

相楽は、笑みを浮かべると言った。

「なるほど……。じゃあ、さらに調べるように言いますよ」

「海堀さんの話は広めたくない。それに、調べていることを、絶対に部長に知られてはいけない」

「わかってますよ。日野には何も話さず、調べさせることにします。任せてください。うまくやりますよ」

「すまんが、頼む」

「安積係長としては、柳井が犯人じゃないほうが都合がいいわけですよね。その点、刑事部長と利害が一致しているわけだ」

捜査に利害など関係ない。だが、相楽が言いたいことはわかる。

「犯人でなければいいと望むことが、捜査に影響するのではないかと考えているんだな？」

相楽は小さく肩をすくめた。

「余計なことかもしれませんがね……」

そのとおり、余計なことだと安積は思ったが、口には出さないことにした。

「それは俺自身も気にしていたことだ。できるだけそういうことがないように心がけるが、そういう兆候が見て取れたら指摘してほしい」

相楽はうなずいた。

「了解です」

二人が管理官席に着くと、ほどなく捜査会議が始まった。

今日も白河部長が臨席している。刑事部長が連日捜査本部にやってくるのは異例のことだ。恐ろしく多忙なので、捜査は課長らに任せて欠席するのが普通だ。

柳井のことが気になるのだろうと、安積は思った。

幹部席には田端課長、野村署長の姿があった。

鑑識から報告があり、凶器と思われていた電気コードに付着していた微物鑑定の結果、被害者のDNAが検出されたということだ。

つまり、そのコードが凶器であることが確認されたのだ。被害者以外のDNAは検出されていない。

当初石倉鑑識係長は「一週間と言いたいが三日で何とかする」と発言していたが、さらに作業時間を縮めたことになる。

「犯人のDNAが出なかったということだな？」

田端課長が質問し、石倉鑑識係長がこたえた。

「はい、そういうことになります」

「被害者の汗などの分泌物や皮膚の小片からDNAが検出されたんだな？」

「そうです」

「なら、犯人のものも検出されてよさそうなものだが……」

「相当な力が加わるはずですから、素手なら出る可能性があると、我々も考えていました」

「するってえと、ナニかい。被害者のDNAが出て、加害者のDNAが出ないのは、不自然ってことかい？」

「不自然とまでは言い切れません。付着物の状態にもよりますし、被害者のものも、加害者のものも検出されないことはよくあります」

「けど、一つの可能性としてさ、加害者が手袋か何かをしていたってことはないかい？」

「可能性としてはあります。しかし、それを断定することはできません」

「指紋は？」

「コードから指紋は検出されていません」

田端課長はうなずいた。

「わかった。他に何かあるか？」

「そのコードは、以前から船にあったものであることが確認されています」

やはり犯人は、あらかじめ凶器を用意したのではなく、その場にあったものを使用したということだ。

犯行は計画的ではなかったということだろうか。それとも……。

池谷管理官が、それぞれの担当者たちに発言をうながしたが、昨夜の捜査会議からの進展はなかった。

白河刑事部長が言った。

「石黒雅雄の件はどうなった？」

そう訊《き》きたい気持ちはわかる。柳井の他に被疑者が見つかってほしいのだ。安積は、そう思った。

池谷管理官が須田を指名した。須田は慌てた様子で立ち上がった。

「まだ、進展はありません」

白河部長が言う。

「ぐずぐずしている暇はないんだぞ」

須田が姿勢を正した。

「はい」

「石黒雅雄と被害者の間に、何か関係はないのか？」

「まだ、そういう情報は得ておりません。ただ……」

「ただ、何だ？」

「石黒雅雄と被害者の間に直接関係がなくても、動機は考え得ると思います」

「どういうことだ？」

「これはあくまで仮定の話ですので、申し上げてよいものかどうか……」

須田は本当に迷っている様子だった。白河部長が、苛立《いらだ》たしげに言った。

「いいから言ってみなさい」

「はい。石黒雅雄が柳井社長を怨《うら》んでいるとしたら、その愛人を殺害することで柳井社長に苦しみを与えようとしたという考えも成り立つと思います」

「なるほど……」

白河部長の機嫌が急速に回復した。「大切な人を失うのは辛《つら》いものだ。それで、石黒雅雄が柳井を怨んでいるという情報はあるのか？」

「二人の間にトラブルがあったのは事実です」

「トラブル？」

「移籍を巡るトラブルです。十三年前のことですが、石黒雅雄が柳井社長のプロダクションサミットから移籍しようとして揉《も》めたことがあります。結局、移籍はうまくいかず、柳井社長は系列下にブラックロックプロを作り、石黒の独立という形にしたわけです。その状態が現在も続いています」

須田の発言内容は、海堀から聞いた話と一致していた。

白河部長がうなずいた。

「なるほど、そのトラブルが犯行の動機になりうるということか？」

「いえ……」

とたんに須田はしどろもどろになった。「それが直接の動機になるとは思えませんが、柳井社長との間にトラブルがあったことは事実です」

白河部長が須田の話を拡大解釈しかねないと、安積は思った。

そのとき、田端課長が須田に言った。

「トラブルといっても、十三年前のことじゃないか」

須田がこたえた。

「ええ、そうですね。ですから、移籍の件が動機ではないかもしれません。でも、その十三年前の件以来、二人の仲がよくないという噂《うわさ》があります」

田端課長が顔をしかめる。

「おい、須田。噂じゃ証拠にならないんだよ」

「あ……。わかっています。ただ、最近、石黒がサミット系列からの完全独立を望んでいるという声もあるんです。それは、一年前に覚醒剤《かくせいざい》所持と使用で逮捕されたことがきっかけだったと言われています」

「あの逮捕がきっかけ……？」

「ええ。あのとき、柳井社長の怒りを買って、石黒のマネージャーのクビが飛んだんだそうです。石黒はずいぶんとそのマネージャーのことを信頼していたようで、柳井社長の横暴さに腹を立てたという話です」

安積は驚いていた。

いつの間に須田はそんなことを調べだしたのだろう。昨日、強行犯第一係の席で会ったときには、そんなことは何も言っていなかった。夜の捜査会議の後、外に聞き込みに出た様子もない。

須田は、「噂がある」と言ったが、おそらくそれは、インターネット上の噂ということなのだろう。

須田は、世間の噂と同じくらいにネット上の噂に接しているのだ。また、調べようと思えばネットから今の話程度のことはすぐに引っぱって来られるはずだ。

問題は、検察が納得し法廷で証拠能力を持つように、しっかり裏を取ることだ。

田端課長が言った。

「いずれにしても、曖昧《あいまい》な話だ。その程度のことでは、石黒雅雄が被疑者だとは、とても言えないと、俺は思うぜ」

安積も同感だった。

他の刑事とは違った着眼点を持つ。それが須田のよさだと思っていた。だが、今回ばかりは旗色が悪いと、安積は思った。

「ええ……」

須田は言った。「それもわかっています。ただ……」

「さっきから、おめえさん、ただ、が多いね」

「はい、ただ、もう少し調べてみる必要があると思うんです」

「わかった」

そう言ったのは田端課長ではなく、白河部長だった。「引き続き、調べてくれ」

部長の言葉なので、田端課長も逆らえない。課長は何も言わずに須田を見ていた。

「はい、わかりました」

須田はそう言って着席した。

「他に何かあるかい？」

田端課長が言った。「なけりゃ、これで会議を終わる」

12

捜査会議が終わると、白河部長と野村署長は退席した。捜査員全員が起立して、二人を見送る。

部長たちが出て行くと、捜査員たちは持ち場に向かう。安積は、須田を呼び止めた。

彼は職員室に呼ばれた小学生のような顔で、近づいてきた。

安積は言った。

「石黒が柳井社長に腹を立てているという話、どの程度の信憑性《しんぴょうせい》があるんだ？」

須田は、管理官席の池谷管理官や佐治係長、相楽係長などを気にしている様子だ。別の場所で二人きりで話をすべきだったかと、一瞬、安積は思った。

だが、ここでみんなの前で話をしたほうがいいと思い直した。

須田がおどおどした様子で言った。

「信憑性はあると思います。でも、係長が言いたいことはわかりますよ。ええ、必ず裏は取ります」

須田も長年刑事をやっているのだ。その点は心配していなかった。問題は、須田が白河部長に利用されかねないということだ。

「石黒雅雄が逮捕されたときに、マネージャーがクビになったというのは本当のことなんだな？」

「そういう情報があるので、これから確認を取りに行きたいと思います」

「ネット情報か？」

須田は申し訳なさそうに言った。

「そうです」

別にネットの情報が悪いと考えているわけではない。利用できるものは何でも利用すればいい。インターネットを駆使できるのは須田の強みでもあるのだ。

「つまり、自分の事務所であるブラックロックプロのマネージャーを、柳井がクビにしたので、石黒が怒っているというわけだな？」

「ええ。十三年前のこともありますからね。今度は本当にサミット系列からの独立を考えているという噂もあります」

「それも、ネットの噂か？」

「そうです。でも、信憑性はあるんです。もちろん、すべて裏を取ります。クビになったというマネージャーも見つけて話を聞く必要があると思います」

「わかった」

安積は納得していた。昨日村雨が言っていたメンバーズカードの件も含めて、須田の目の付けどころは悪くないと思った。

そのとき、佐治係長が言った。

「余計なことに人員や時間を割かれたくないんだがな……」

安積は佐治の顔を見た。

「余計なことというのは、どういうことですか」

「田端課長は、柳井がホシだと読んでいるんだよ」

安積は言った。

「課長は一言もそんなことは言っていません」

「話を聞いてりゃわかる。だいたい、島谷彩子が柳井の愛人だって情報を仕入れてきたのは、あんたじゃないか。その話をしたとき、課長はこう言った。『やるべきことをやってくれ』と。つまり、柳井を徹底的に調べろってことだ」

「佐治係長は、柳井社長が被疑者だと考えているのですか？」

安積の質問に、佐治がこたえた。

「課長がそう言うんだから、その方針に従うんだよ」

佐治はただ課長の言葉を盲信しているのだろうか。それとも、自分の考えを押し通すために課長の発言を利用しているのだろうか。

いずれにしろ、柳井が被疑者だと考えていることに間違いはなさそうだ。

安積は言った。

「今はまだ、誰《だれ》が被疑者かを断定するのは早いと思います。ですから、須田がやっていることが余計なことだとは思いません」

佐治が何か言おうとしたとき、池谷管理官が言った。

「須田の件については、部長直々に調べを継続しろと言われたんだ。誰もそれに逆らうことはできないよ。さあ、行ってくれ」

その言葉を受けて、須田はぺこりと頭を下げ、よたよたと走っていった。

佐治は、まだ何か言いたそうにしていた。池谷管理官が続けて言った。

「夜勤明けだからな。私と佐治係長は、ちょっと休ませてもらうよ。後を頼む」

安積はこたえた。

「お任せください」

池谷管理官と佐治係長が席を離れると、相楽が言った。

「なんだか、部長対課長みたいな構図になってきましたね。そして、安積係長は部長派で、佐治係長は田端課長派ということになりますか……」

「そんなつもりはない。俺はあくまで事実を突きとめたいだけだ」

「でも、部長と同じで、柳井の他に被疑者がいたほうが都合がいいでしょう」

海堀の要求のことを言っているのだ。

相楽から見ればそういうことになるのだろう。だが、安積はそれを認めたくなかった。

「柳井社長が被疑者だというのも、充分にあり得ることだと思っている。だから、海堀さんの件は、柳井社長の身柄を取ったときに考える。ただ……」

「ただ、何です？」

「俺は須田の目の付けどころは悪くないと思っている。石黒雅雄の周辺で何か出るかもしれない」

「やはり、部長派ということですね」

「そうやって対立構造を作りたがるのは、あんたの悪い癖だと思う」

「昔からそういう性分なんですよ。勝ち負けがはっきりしないと嫌なんです」

人生で大切なのは、勝ち負けではない。捜査においても同様だ。

相楽はいつかそれに気づくだろうか。もし、この先も気づかないでいるとしたら、彼は大切なものを見落としたまま暮らしていくことになる。

そんな上司を持つ部下たちは、きっと辛い思いをすることになるだろう。

いや、それは考え過ぎだろうか。

相楽が言った。

「とにかく、部長の件は日野に調べさせますよ」

「頼むよ」

その調べの結果が、海堀の捜査の役に立つかもしれない。

もし捜査本部内が、相楽が言うように、部長派と課長派に分かれたら、相楽はどちらにつくのだろうか。

彼はきっと、佐治のほうにつくだろう。もっと有り体に言えば、自分とは逆のほうにつくに違いない。安積はそんなことを考えていた。

あわただしい捜査本部にも、倦怠《けんたい》の波はやってくる。捜査が停滞しはじめた時期の午後などは、ねっとりと空気が粘液質になったように感じられ、眠気を誘う。

顔でも洗ってこようか。安積がそんなことを考えた午後三時頃のことだ。若い捜査一課の捜査員が管理官席にやってきて告げた。

「SSBCからの知らせです。マリーナの防犯ビデオに、柳井らしい人物が映っていたということです」

眠気がいっぺんに吹き飛んだ。

安積は尋ねた。

「いつのことだ?」

「遺体発見の前日、つまり七月十三日の十九時十三分と二十時五分の二回です」

「間違いなく柳井社長なんだな?」

「SSBCの分析ですから間違いないでしょう」

安積は、幹部席を見た。まだ田端課長がいる。

「課長に知らせてこよう」

安積が相楽に言うと、彼は即座に立ち上がった。

二人で課長の元に近づくと、課長が言った。

「何だ？」

安積はＳＳＢＣからの知らせについて報告した。

「柳井が事件の前にマリーナに姿を見せたということだな」

「はい」

「まだ、司法解剖の結果が届いていないが、おそらく犯行は、十三日の夜から十四日の未明にかけて……。つまり柳井は犯行直前にマリーナに姿を見せたことになる」

そこに、再び先ほどの若い捜査員がやってきて告げた。

「ＳＢＣから追加の報告です。被害者の姿も確認したそうです。七月十三日の二十二時五十五分のことです」

田端課長が安積に言った。

「柳井が船で被害者を待っていたということだろうか……」

相楽が言った。

「柳井が二度映っているのが気になりますね」

田端課長が言った。

「どういうことだ？」

「殺害された被害者は一度しか映っていません。でも、柳井は二度映っている……。柳井が映っているのはマリーナにやってきたときと帰るときなんじゃないでしょうか。そうなると、被害者がやってきたとき、柳井は船にいなかったことになります」

田端課長はしばらく考えてから言った。

「安積係長はどう思う?」

「相楽が言うとおりだと思います。二度映っているということは、来たときと帰るときだという可能性があります」

田端課長は、まだそこにいた若い捜査員に尋ねた。

「石黒雅雄は映っていなかったのか?」

捜査員はこたえた。

「そういう知らせは受けておりません」

「SSBCは石黒についてはマークしていなかった可能性がある。安積係長、SSBCに、石黒について再度チェックするように言ってくれ」

「はい」

相楽が田端課長に尋ねる。

「柳井が二度映っていたことについては、どう判断すればよいでしょう?」

「たしかに、十九時頃に来て二十時頃に引きあげたという考え方は成り立つな。だが、犯行直前に現場に姿を見せているんだ。無視はできねえよ。マリーナに、柳井の出入りの確認を取ってくれ」

相楽がこたえた。

「わかりました」

「ついでに、その日石黒雅雄が来たかどうかも訊いてみてくれ」

「はい」

安積と相楽は一礼して管理官席に戻り、若い捜査員は、捜査員席のほうに向かった。

席に戻ると、相楽が言った。

「石黒のことを確認しろと言うところは、さすがに田端課長ですね」

「そうだな……」

安積はそうこたえてから、まず警電でSSBCに田端課長の指示を伝えた。電話を切ると、今度は、マリーナに誰が行っているかを確認し、地取り班の村雨に、携帯電話で連絡した。

「はい、村雨」

「SSBCからの連絡で、マリーナのビデオに柳井社長と島谷彩子が映っていることがわかった。島谷彩子は一度しか映っていないが、柳井社長は二度映っていた」

そして、それぞれの日付と時間を教えた。

村雨が言った。

「それぞれの行動を、マリーナの職員に確認するんですね?」

さすがに村雨だ。捜査員がやるべきことをちゃんと心得ている。

「そういうことだ」

「わかりました。すぐに当たってみます」

「それと、石黒雅雄が同じ日にマリーナにやってきていないかも調べてくれ」

「石黒雅雄が、ですか……？」

「田端課長が確認を取りたがっている」

「了解しました」

安積が電話を切ると、すぐにそれが振動した。海堀からの着信だった。

「はい、安積です」

「海堀だ。柳井はどうなった？」

「すいません。かけ直していいですか？」

「わかった」

安積はいったん電話を切ると、相楽に言った。

「ちょっとここを頼めるか？」

「ええ。どうしました」

「海堀さんから電話だ。折り返しかけ直すんだ」

「わかりました。どうぞ……」

安積は席を立ち、廊下に出た。そして、海堀に電話をした。

「安積です。すいません。捜査本部にいたもので……」

近くにいたのは事情を知っている相楽だけなので、その場で電話をしてもよかったかもしれない。

だが安積はなんとなく、話す内容を相楽に聞かれたくなかった。

海堀が言った。

「柳井はどうなった？」

「疑いはありますが、被疑者と断定する段階ではありません」

「身柄を引っぱる予定はないのか？」

「まだありません」

「逮捕じゃなくて、任意で話を聞くべきじゃないのか？」

「そういう判断は、部長か課長がします」

「彼は間違いなく引っぱられるだろう。そのときは頼むぞ」

「そちらで引っぱることはできないんですか？」

「それができれば、とっくにやっている。話を聞きにいっても、シラを切られるだけだ。だから、取調室でじっくりと話を聞きたいんだが、任意同行には応じてくれないだろう。逮捕するだけの証拠もない。だから、殺人事件のことを聞いて、渡りに船だと思ったんだ」

「わかりました。なんとかします」

そうこたえるしかなかった。

「頼んだぞ。じゃあな」

「あの……」

安積は、言うべきかどうか、しばし迷ってから言った。

「何だ？」

「殺人について、石黒雅雄の周辺も調べることになりました」

「石黒の……？　どういうことだ？」

「きっかけは、石黒雅雄が、殺人現場となったマリーナと契約をしていることでした」

「ああ……。たしか石黒も船を持っていたな。そんなことだけで調べるのか？」

「海堀さんが調べている十三年前の件以来、柳井社長と石黒の関係はぎくしゃくしていたそうですね」

「そうかもしれない」

「さらに、一年前のことです。石黒が覚醒剤の所持と使用で逮捕されたとき、柳井社長が石黒のマネージャーをクビにしたというのです。それで石黒はひどく柳井社長に腹を立てていたということです」

「それで石黒が柳井の愛人を殺害したというのか？　ばかばかしい……」

「ばかばかしい……？」

「石黒ほどの大物が、そんなことをするもんか。いくらなんでも失うものが多すぎる。金持ち喧嘩《けんか》せずと言うだろう」

海堀にそう言われると、たしかにそのとおりかもしれないという気がしてくる。

「しかし、人が常に理屈どおり行動するなら、犯罪は起きません」

「まあ、おまえの言うこともわかるが、石黒の線はないと思う。普通に考えれば、柳井のほうが怪しい」

犯行の前、防犯カメラに柳井の姿が映っていたことは言わないほうがいいと、安積は思った。

「いずれにしろ」

安積は言った。「何か動きがあったら、お知らせします」

「わかった。じゃあな」

電話が切れた。

安積は携帯電話を手に、管理官席に戻った。

相楽が安積に尋ねた。

「海堀さんは、何ですって？」

「どんな状況か訊いてきた」

「この殺人捜査が、千載一遇のチャンスだと考えているのでしょうね」

「そうだろうな。気持ちはわかる。継続捜査というのは、滅多に新たな手がかりは出ないものだ。こういうチャンスは是が非でも、ものにしたいはずだ」

「意地になっているのかもしれませんね」

相楽にそう言われて、安積は考えた。

あるいはそうかもしれない。海堀は、何が何でも柳井を検挙したいと考えているようだ。

「意地にもなるだろうな。毎日毎日同じ資料を見直すしか方法がない。長い月日を、一つの事案の見直しに費やす。それが継続捜査だ」

「そうですね……」

相楽がつぶやくようにそう言ったとき、水野が相棒のベテラン捜査員と共に戻って来た。二人はまっすぐに管理官席に向かってくる。

水野は鑑取りに回っていたはずだ。

安積は水野に尋ねた。

「どうした?」

「柳井と島谷彩子の関係について裏を取っていたんですが……」

「それで?」

「みんな口が固くて、なかなか二人の関係について語ろうとしません。そんな中、達川《たつかわ》さんが知っているある芸能記者からいろいろ聞けました」

達川というのは、水野が組んでいる捜査一課のベテラン捜査員だ。たしか、達川弘《ひろし》という名の警部補だ。

安積が達川に眼《め》を向けると、彼は話しだした。

「昔スポーツ紙にいた記者で、長い付き合いなんだがね……。今はフリーランスで芸能人を追っかけている。内山隆明《うちやまたかあき》という名だ」

安積は相楽がメモを取っているのに気づいた。記録は彼に任せようと思い、達川に話の先を促した。

「内山は長年芸能界のネタで飯を食っているだけあって、いろいろな事情に通じているし、相当な修羅場もくぐっている。だから腹が据わっているんだ。内山は言ったよ。間違いなく柳井は立原彩花、つまり島谷彩子を特別扱いしていたって。あいつが言うことは間違いない」

「特別扱いしていた……。その言い方は曖昧ですね」

「言い方についちゃ、今後追及するさ。問題は、柳井と島谷がこのところ仲違《なかたが》いしている様子だったと、内山が言ったことだ」

「二人はトラブルを抱えていたということですか？」

「それについて詳しく訊きたいんで、内山に任意同行を求めようと思うんだが、どうだい？」

こういう事柄は判断が早いほうがいい。管理官が戻って来るのを待っていては遅くなる。

安積は相楽に言った。

「問題ないと思うが、どうだ？」

相楽がうなずいた。

「自分もそう思います」

安積は達川と水野に言った。

「内山に来てもらおう」

13

水野と達川が再びやってきたのは、約一時間後の午後四時半頃《ごろ》のことだった。

彼らは、小太りの男を連れていた。無精髭《ぶしょうひげ》が浮いていて、どことなく怪しげな雰囲気の男だ。

達川が安積に言った。

「内山隆明です」

それを聞いた内山が言った。

「おい。わざわざ来てやったんだ。『さん』くらいつけたらどうだ」

「内山隆明さんです」

安積は言った。

「ご協力、感謝します。こちらへどうぞ」

管理官席の空いている椅子《いす》に座らせることにした。

内山が言った。

「取調室で話を聞かれるのかと思ったよ」

安積はこたえた。

「そういう場合もありますが、主に取調室は被疑者や重要参考人に話を聞くときに使います」

「じゃあ俺は、被疑者でも重要参考人でもないんだね？」

「違います」

内山は、安積が軽口に付き合わなかったので、少々鼻白《はなじろ》んだ表情になった。

彼はキャスター付きの椅子に腰を下ろして言った。

「さて、何が聞きたいんだっけ？」

安積は相楽を見た。相楽がそれに気づいた様子で言った。

「安積係長が質問してください。水野君が持ち帰ったネタですから」

「誰《だれ》が持ち帰ったかは関係ない」

「とにかく、お任せします」

安積はうなずいた。

達川が言った。

「私らはどうすればいいかね？」

安積は言った。

「いっしょにいてくれれば助かります」

「わかりました」

達川と水野は、管理官席の近くに立ったままだった。

安積は、内山に尋ねた。

「まず、被害者の島谷彩子さんと、プロダクションサミットの柳井社長の関係について教えていただきたいと思います」

「島谷彩子ってのは、立原彩花のことだね？」

「そうです。彼女は社長の愛人だったという噂《うわさ》がありますが、事実はどうなのでしょう？」

内山は即答しなかった。

「愛人だったかどうかは、本人同士しか知らないことだよ。でも、柳井社長が立原彩花を特別扱いしていたのは事実だね。よく食事にも連れて行っていたし、服なんかを買ってやっていたようだ」

「愛人だという噂が立って当然ですね」

内山は肩をすくめた。

「もう一度言うけどね、どういう関係だったかなんて、本人同士にしかわからないんだよ。肉体関係がなきゃ愛人とは言わないだろう」

「男女の仲ではなかったと……？」

「だからね、わからないと言ってるんだ」

この言葉は、安積にとって少しばかり意外だった。

芸能専門のライターなんて、火のないところにも煙を立てるような連中だと思っていた。

だが、内山の発言は慎重だった。裏が取れないことは断言しない。

見かけは軽薄そうだが、案外まっとうなジャーナリストなのかもしれない。

服装や髪型は、いかにも芸能関係のフリーライターといった感じだ。もっともこうした恰好《かっこう》のほうが仕事をやりやすいのかもしれないと、安積は思った。

マル暴刑事が暴力団員のような風体《ふうてい》になるのに似ているかもしれない。業界それぞれにお約束のスタイルがあるものだ。

「二人が最近、仲違《なかたが》いをしていたらしいということですが……」

安積が尋ねると、内山はうなずいた。

「二人が言い争いをしているところを見たという人が何人かいた。それで興味を持って、俺も立原彩花を張り込んでみた。そして、俺もこの眼《め》で見たよ。食事に出かけたレストランで言い争いを始め、立原が一人で帰ってしまった」

「それはいつのことですか？」

「それ？　レストランでの言い争いのこと？」

「ええ、そうです」

「そうだなあ……。一週間くらい前のことかな……」

「できるだけ正確な日時を知りたいんですが……」

「携帯のスケジュールを見ていいかい？」

「ええ、もちろんです」

内山はポケットからスマートフォンを取り出した。

最近は、こうしてスケジュール管理をする人が増えているらしい。たしかに携帯電話を電話帳やスケジュール帳代わりにできれば便利だろう。

だが、安積はいまだに手帳に手書きだった。どうしてもデジタルの記録が信用できないのだ。いや、信用できないというより、実感を持てないのだ。スマートフォンの中の文字は自分のものではないような気がする。

しばらくスマートフォンを睨《にら》んでいた内山が言った。

「そうだ。七月七日の火曜日だ。七夕にデートしている、なんて思ったのを思い出した」

「時間は?」

「七時頃から食事を始めて、なんだか雲行きが怪しくなったのは、三十分くらい経《た》ってからかな……。立原彩花がレストランを出たのは八時ちょっと前だった」

「どこのレストランです?」

「青山の『リストランテ・カンターレ』」

水野が立ったまま、ルーズリーフにメモを取っている。ドラマなどでよく、刑事が手帳にメモを取るシーンがあるが、捜査本部に参加するととても手帳では間に合わない。ルーズリーフのノートを使う捜査員が大半だ。

クリップボード付きのルーズリーフを使っている者もいて、これはなかなか便利だ。

「二人が仲違いしているという噂はいつ頃耳にされたんでしょう?」

「そうだなあ……。その話を聞いてすぐに動き出して、それから一週間くらいして二人が『カンターレ』に出かけるのを見たんだ。だから噂を聞いたのは二週間くらい前ということだな」

「男女が二週間喧嘩《けんか》をしているというのは、けっこう長いんじゃないでしょうか？」

「どうかね。俺はそういうことはあまり詳しくないんだ」

「芸能記者をやっているのに、男女の仲について詳しくないと……」

「別に不思議はないだろう。たしかに芸能界はくっついたり別れたりという話が多い。俺もネタとしてそういうのを追っかけるよ。けど、個人的にはあまり得意なほうじゃない」

どうやらそれは冗談や嘘《うそ》ではなさそうだった。安積は、内山に親しみを感じはじめていた。彼は、見かけとは裏腹の生真面目《きまじめ》なジャーナリストであり、けっこう不器用なタイプのようだ。

「付き合っている男女なら、喧嘩をしても一週間もすれば仲直りするのではないかと思います」

安積は言った。「二週間も仲違いを続けているということは、関係が冷めていたということではないでしょうか？」

内山はまた肩をすくめた。

「そういうの、ケースバイケースでしょう。刑事さん、思い込みはいけませんよ」

安積はうなずいた。

「おっしゃるとおりです」

「でも、言いたいことはわかりますよ。二週間も仲違いをしているということは、関係が冷えている可能性はあります。あるいは……」

「あるいは？」

「柳井社長と立原彩花は、一部で噂されているような関係ではなく、二人は俺たちが想像もしていないようなことで意見が分かれていたということもあり得る」

「それはどのようなことでしょう？」

「だから……」

内山は苦笑した。「想像もしていないようなことなんだから、わかるはずがない」

安積はその言葉の意味についてしばらく考えていた。

沈黙を埋めるように相楽が言った。

「確認させてください。あなたは、柳井社長と島谷彩子さんが、男女の仲であるとは思っていないのですか？」

内山はかぶりを振った。

「わからないと言ってるんだ」

「芸能記者なのに？」

「業界にいたってわからないことはたくさんある。俺は無責任なことは言いたくない」

「業界内の噂というのは、どの程度信憑性《しんぴょうせい》があるものなんですか？」

「それもケースバイケースだ。一概にどれくらい信憑性があるかは断言できない」

「あなたが見た事実は、柳井社長と島谷彩子さんがいっしょに食事をしていることと、そこで喧嘩をしたということだけなんですね」

「そう。実際に俺が目撃したのはそれだけだ」

「いいかね？」

そのとき、達川が言った。相楽は安積を見た。安積はこたえた。

「もちろん。自由に発言してください」

「慎重になるのはわかる。けどね、常識で考えれば、立原彩花こと島谷彩子は柳井社長の愛人だろう。その関係が冷えて、仲違いが続いていたと考えるのが自然じゃないのかね？」

安積はこたえた。

「もちろん、そういう考え方もできます。しかし、内山さんがおっしゃるように、そうでない可能性もある」

相楽が言う。

「しかし、重要な証言であることは確かですね。柳井社長と被害者が仲違いをしていた可能性を示しているわけですから」

安積はうなずいた。

「それは否定できない」

内山が安積に言った。

「他に何か訊《き》きたいことは？」

「柳井社長と島谷彩子が言い争いをしていたのを見たと、あなたに言ったのは誰だったか覚えていますか？」

「一人は芸能記者仲間だ。もう一人はテレビ局のディレクター」

「名前と、できれば連絡先を教えていただけますか？」

「いいよ」

内山はスマートフォンを操作して電話番号を確認した様子だ。

「東都スポーツの西沢克浩《にしざわかつひろ》という記者と、ＴＢＮの佐々木英太《ささきえいた》というディレクターだ」

「わかりました。ご協力、感謝します」

内山はうなずいて立ち上がった。

「犯人は柳井社長なのか？」

こういう質問にこたえるべきではない。それはわかっているが、安積は冷淡に拒否する気にはなれなかった。

「それはまだ何とも言えません」

「社長の船で殺されたって話だよな」

すでに報道されていることなので、こたえても問題ないと安積は思った。

「遺体は船が停泊しているマリーナで見つかりました」

「俺は、社長が犯人だとは思えないんだがな……」

「どうしてです？」

内山は一瞬、言い淀《よど》んだ。

「何となくだよ。そんな気がするんだ」

その言葉を残して、内山は去って行った。講堂の出入り口まで、達川が見送った。

戻って来ると、達川が言った。

「柳井と被害者がトラブルを抱えていたというのは明らかでしょう」

安積はこたえた。

「ええ。そのようですね。しかし、内山さんはあくまでも慎重でした。ですから、私たちも慎重になるべきだと思います」

「へえ……。意外だな」

「意外？」

「ああ。評判を聞いて、もっとがんがん行く人だと思っていた」

「私が、ですか」

「そうだよ」

どこでどういう評判になっているというのだろう。

水野が達川に言った。

「もちろん係長は、行くべき時にはがんがん行きますよ。そうなるともう、誰も止められません」

相楽が言った。

「そうだな。それは間違いない」

安積は言った。

「とにかく、しっかりと裏を取ることです」

達川がうなずいた。

「東都スポーツの西沢とTBNの佐々木だな。話を聞いてきますよ」

顔を見合わせ、うなずき合うと、達川と水野は出かけていった。

二人がいなくなると、相楽が言った。

「今の話、課長に報告しますか？」

安積は、幹部席の田端課長をちらりと見た。課長はまだ退席する様子はない。それだけ重要事案だということだ。

殺人事件はいずれも重要事案だが、今回は特にマスコミの注目度が極めて高い。被害者が現役のグラビアアイドルであることに加え、その遺体が芸能界の大物が所有するプレジャーボートのすぐそばで発見された。また、被害者のものと思われるサンダルがその船で発見されたとあれば当然、事件を扱う社会部だけでなく、芸能関係の記者も飛びついてくる。

テレビのワイドショーのネタとしても、もってこいだ。

マスコミ対応をするのは、警視庁本部捜査一課の理事官だが、その理事官に指示を出すのは捜査一課長だ。事案と捜査の進捗《しんちょく》状況のすべてをつぶさに把握しておく必要があると、田端課長は考えているに違いない。

「そうだな。報告すべきだろう」

「課長は柳井被疑者派ですから、内山の証言を歓迎するでしょうね」

「そういうことは考える必要はないと思う。あらゆる証言を集めて、そこから事実を割り出していくのが、俺たちの仕事だ。課長にはすべてを報告する必要がある」

「わかりました。ただ……」

「ただ、何だ？」

「本来なら管理官から報告すべきでしょうね」

警察というのは階級社会だから、そういうことがけっこう面倒臭い。

上司の頭越しに何かやると、後々大きな問題になりかねない。

「報告は迅速に行わなければならない。池谷管理官が休憩を終えて出てくるのを待っていては遅くなるのではないかと思う」

「では、報告に行きましょう」

二人は席を立ち、幹部席に向かった。

田端課長が安積に尋ねた。

「タッつぁんたちが連れてきたのは何者だ？」

タッつぁんというのは達川のことだろう。田端課長は幹部席から事情聴取の様子を見ていたのだ。

安積はこたえた。

「芸能関係のフリーライターです。被害者と柳井社長が言い争いをしていたという証言が得られました」

想定したとおり、田端課長は強く関心を持った様子だった。

「詳しく話してくんな」

安積は、できるだけ正確に、内山の言葉を田端課長に伝えた。

話を聞き終わると、田端課長は言った。

「たった一つの証言で、柳井社長と被害者の間にトラブルがあったと考えるのは早計だろうな……」

安積はこたえた。

「今、証言の裏を取っています。内山は、スポーツ紙の芸能担当記者やテレビ局のディレクターから、柳井社長と被害者が言い争いをしているのを見たという話を聞いていたようですから……」

「よし。その結果次第では、柳井社長に任意同行を求めることになるかもしれないな」

安積は何も言わなかった。

柳井が任意同行に応じた場合、彼に何を尋ねればいいのだろう。

被害者の島谷彩子と口論をしていたらしいですね。あなたが、彼女を殺害したのではないですか……。

安積は、かぶりを振りたい気分だった。

柳井が否定したら、その先には進めない。もし、彼が犯人だとしたら、彼を自白に追い込むくらいの材料が必要だ。

内山が口論を目撃した程度のことでは、とても追及はできない。

それに、任意同行であろうが逮捕であろうが、柳井の身柄が取られたとなれば、海堀との約束について考えなければならなくなる。

できれば、その件は先送りにしたい。

そのとき、相楽が言った。

「柳井を引っぱるのは、最終手段だと思いますが……」

安積は驚いた。この発言は田端課長の方針に逆らうものだ。

田端課長が言った。

「最終手段だって？　参考人を引っぱるのはごく当たり前のことだろう」

「今回は当たり前のことが、なかなかやりにくいのではないでしょうか」

「どういうことだ？」

「マスコミの注目度が普通とは違います。柳井社長の身柄を引っぱるだけで、マスコミは大騒ぎするでしょう。いくら、理事官が説明してもマスコミは勝手な憶測を報道するかもしれません」

田端課長が言った。

「そこが悩みの種だよなあ……」

「ですから、柳井社長を引っぱるときは、ほぼ百パーセントの確信が必要だと思います」

「犯人だという確信だな」

「はい」

課長はうなずいた。

「相楽が言うことはもっともだ。裏取り、急いでくれ」

安積はこたえた。

「了解しました」

管理官席に戻ると、安積は相楽に言った。

「なんだか、助けられた気分だな」

「自分は、思ったとおりのことを言っただけです」

やはりかわいげがない。

安積はそんなことを思っていた。

14

午後五時半頃、佐治係長が捜査本部に戻ってきて、さらにその十五分後、池谷管理官もやってきた。

相楽が安積に言った。

「課長に知らせた件、自分から報告しましょうか」

安積は「頼む」とこたえた。

相楽が説明を終えると、池谷管理官が言った。

「被害者と口論していたとなると、柳井社長の疑いが濃くなったという気がするな」

相楽がこたえる。

「今、裏を取っていますが、おそらく複数の証言が得られるものと思います」

「やはり、柳井社長の犯行ということだろうか……」

佐治係長が言った。

「遺体の発見場所、凶器の電気コード、被害者のサンダル……。そして、被害者が柳井社長の愛人だったという事実に、最近仲違いをしていたらしいという証言。これだけそろえば、逮捕状だって取れそうですがね」

安積は言った。

「逮捕状は無理だと思います。遺体が発見された場所や凶器、そして被害者のサンダルについては、殺害の場所が柳井社長所有の船だったことを示唆《しさ》してはいますが、柳井社長の犯行であることを示しているわけではありません」

「被害者は柳井社長の愛人だったんだろう？」

「そういう証言もありますが、それについてはまだ検証されていません」

「あんたが持って来たネタだぞ。自分で否定するのか？」

「私が否定したり肯定したりする問題ではありません。私はただ様々な証言から事実を探りたいと思っているだけです」

「ふん。屁理屈《へりくつ》だな。殺害現場が所有している船だとしたら、それは柳井社長の犯行だってことを強く示しているんじゃないのか」

「いえ、それは別の話だと思います」

池谷管理官が言った。

「逮捕状が取れると判断したら、課長はすぐにそれを指示するはずだ。つまり、課長もまだ容疑が固まったとは考えていないということだ」

相楽が言った。

「課長は、柳井社長に任意同行を求めたい様子でした」

佐治が即座に反応した。

「じゃあ、すぐに引っぱればいいじゃないか」

「それは最終手段だと、自分が言いました」

「最終手段だと？　任意で引っぱって吐かせるなんてことは、誰でもやっていることだ。それがどうして最終手段なんだ？」

「マスコミの注目度が高い事案だからです。百パーセント起訴できるという目算が立たない限り、身柄を引っぱるべきではないと思います」

佐治係長は、考え込んだ。

彼は、相楽の言うことならまともに聞き入れるらしいと、安積は思った。

「いや、やはり課長の意思を尊重すべきだ。今からでも遅くない。柳井社長を引っぱろう」

余計なことだと、安積は思った。

身柄を取ってきたら、捜査幹部には内緒で、海堀に柳井の取り調べをさせなければならない。

だが、そんなことは、ほとんど不可能に近いと安積は考えていた。できれば柳井の身柄は拘束したくない。

「柳井を任意同行するのはマスコミに対する影響が大きいと、課長は納得してくださいました」

すると、池谷管理官が言った。

「ならば、引っぱることはない。私も相楽の意見に賛成だな。今はまだ柳井に触りたくない」

安積は、ほっとしていた。

そして、安堵《あんど》した自分に対して、これではいけないと思った。捜査に私情やその他の個人的な事情を差し挟むのは禁物だ。

怨《うら》みなどはもちろんのこと、勝って誇り、負けて悔しがるといった感情も、捜査には支障になることがある。

だから、相楽の性格は少々問題があるのだが、今は人のことをとやかく言っている場合ではない。海堀の要求のせいで余計なことを考えているという自覚があった。

だからといって、海堀の言うことを突っぱねるわけにもいかなかった。

ちゃんと対処しないと、捜査本部に迷惑をかけることになる。そうなれば、俺は処分を食らうことにもなりかねないと、安積は思った。

池谷管理官が言った。

「私らの不在中に、他に何かあったか？」

安積がこたえた。

「ＳＳＢＣから連絡があり、柳井社長と島谷彩子がマリーナの防犯カメラに映っていたということです」

佐治係長が言った。

「何だって？　それは重要な情報じゃないか。どうしてもっと早く言わない」

今報告しているのだからいいじゃないか。安積はそう思ったが、ただ「すいません」とだけ言うことにした。

池谷管理官が佐治には構わず、安積に尋ねた。

「それはいつのことだ？」

「柳井社長は、十三日月曜日の十九時十三分と二十時五分の二回。島谷彩子は、同じく十三日月曜日の二十二時五十五分です」

池谷管理官は眉《まゆ》をひそめた。

「十三日というと、犯行があったと思われる日だな」

「司法解剖の結果がまだですので、死亡推定時刻が明らかになっていませんが、おそらく十三日深夜か十四日未明でしょう」

佐治係長が言った。

「事件当日に、マリーナにいたことが明らかになったんだ。二人は仲違いをしていたこともわかっている。柳井が犯人と見て間違いないでしょう。逮捕状を取るように、課長に具申してはどうですか？」

多くの捜査員が、おそらく佐治係長と同じ考え方をするだろう。これだけの材料があれば、引っぱって叩《たた》けばなんとかなる。長い間、そういう考え方が主流だった。

自白を取りさえすれば、送検・起訴できると考えられてきたのだ。そのやり方が多くの冤罪《えんざい》を生んできた。

捜査員や検察官はもっと慎重になるべきだと、安積は考えていた。

池谷管理官はしばらくしてから言った。

「どれも決定打とは言えない。まず、柳井社長の映像だが、二度映っているのが気になる」

安積はうなずいて言った。

「一度目はマリーナにやってきたとき、二度目はマリーナから引きあげるときに映ったのではないかと思われます」

「私もそう思う。そして、島谷彩子が現れたのは柳井の二度目の映像から、約三時間後だ。犯行に及ぶには時間が空きすぎているように思う」

佐治係長が言った。

「柳井は、帰ったと思わせて、船に潜んでいたんじゃないですか？　殺害を計画していたのなら、防犯カメラのことも頭に入れていたでしょう」

安積は言った。

「その可能性もありますが、柳井社長が潜んでいたという証拠がなければ、憶測でしかありません」

「だから、引っぱってきて、そのことを追及すればいいんだよ」

　安積はさらに言った。

「マリーナにいる捜査員たちに、柳井社長や島谷彩子の行動を洗うように指示してあります。それと……」

　佐治係長が尋ねる。

「それと、何だ？」

「ＳＳＢＣに指示して、防犯カメラに石黒雅雄が映っていなかったかを調べてもらっています」

「石黒……？」

「課長の指示です」

　安積がそう言うと、佐治は押し黙った。

　池谷管理官が安積に尋ねた。

「須田といったか、あんたの部下。彼からの石黒に関するその後の情報は？」

「まだありません」

「今の段階では、石黒よりも柳井の容疑のほうが濃いように見えるな……」

　安積はこたえた。

「捜査が進展すると、見え方も変わってくるかもしれません」

　相楽が言った。

「安積係長は部長派のようです」

安積は相楽に言った。

「そういうことではない」

俺は部下を信頼している。ただそれだけだ。そう思ったが、口には出せなかった。

池谷管理官が皮肉な口調で言った。

「……ということは、佐治係長は課長派ということか」

佐治は何も言わなかった。

池谷管理官が言った。

「部長派とか課長派とか、派閥で事実が決まるわけじゃない。いいか。事実は一つだ」

相楽は、悪びれた様子もなくこたえた。

「わかっています。その事実にたどり着かなければなりませんね」


午後七時過ぎに、村雨と捜査一課の若手のコンビが戻ってきた。

村雨が管理官席にやってきて、安積にではなく池谷管理官に報告した。さすがに村雨はこういうところはちゃんと心得ている。

「マリーナの職員によると、たしかに十三日に、柳井社長がマリーナを訪ねたそうです。船に用事があったようで、一時間ほどで帰宅したのを確認したそうです。やってきたのが午後七時過ぎ、マリーナを出たのが午後八時頃のことだったそうです」

池谷管理官が言った。

「それは、防犯カメラの映像とも一致しているな。島谷彩子のほうはどうだ？」

「そちらを目撃した職員はいませんでした。時間が午後十一時近くということで、マリンセンターは閉まっていまして……。メンバーだけがカードを使用して出入りできる時間帯でした」

「島谷彩子はメンバーズカードを持っていたということだな」

「そういうことでしょう。記録を調べてもらったら、彼女が防犯カメラに映ったのと、ほぼ同じ時刻に柳井社長のクルーカードが使われていたことがわかりました。柳井社長が彼女にカードを持たせていたのでしょう」

「いずれそのことも、本人から確認しよう」

池谷管理官とのやり取りが終わったようなので、安積は村雨に尋ねた。

「石黒雅雄はどうだ？」

村雨は言った。

「島谷彩子同様に、そちらを目撃した職員もいませんね」

「カードの記録は？」

「実はそれなんですが……」

「どうした？」

「石黒雅雄のカードが使われた記録は確かに残っていたんです」

「どういうことだ？」

「使われたのは、オーナーカードではなく、クルーカードだったので、本人ではない可能性があるのですが……」

安積は池谷管理官を見て言った。

「これは、どう考えればいいでしょう」

池谷管理官は思案顔だった。

「そうだな……。あくまでも可能性としてだが、石黒が誰かに、島谷彩子の殺害を命じたということも考えられる」

佐治係長が言った。

「そいつは考え過ぎじゃないですかね。船のメンテナンスとか、クルーがマリーナを訪ねることは珍しくないでしょう」

池谷管理官が村雨に尋ねた。

「カードが使用された時刻は？」

「十三日月曜日の二十二時十五分です」

「柳井社長のクルーカードが使われた時刻の四十分前か……。何らかの関連を疑えるのではないかと思うが……」

安積は言った。

「私もそう思いますね。もし、柳井社長のクルーカードを使ったのが島谷彩子だとしたら、石黒雅雄のカードは、その四十分前にマリーナで使われていたことになりますから……」

佐治係長が言う。

「だが、誰も石黒を見ていないんだろう？　そして、使用されたカードはオーナーカードじゃなくて、クルーカードだった。つまり、石黒本人じゃなかったってことだ。じゃあ、いったい誰なんだ」

池谷管理官が言った。

「それを明らかにする必要があるのかどうか、悩ましいところだ」

安積は尋ねた。

「どういうことです？」

「決定打はないにしろ、さまざまな証拠や証言が柳井社長の犯行を物語っているように思える。つまり、今のところ柳井は第一の被疑者だ。一方、石黒の犯行を裏付ける証拠は見つかっていない。石黒は今のところ被疑者とは言えない。そのカードを使ったのが誰かを、時間と労力を割いて調べ出す必要があるかどうか……」

佐治係長が言った。

「必要はないでしょう。今やるべきは、柳井を追い詰める材料を、できるだけたくさん見つけることです」

ここで何か言わなければならないと、安積は思った。だが、何を言っても相楽が言うとおり、反課長派の発言と取られてしまいそうな気がした。

そのとき、相楽が言った。

「調べるべきでしょう。部長は石黒犯行説を採りたがっているようですし……」

さらに村雨が言った。

「石黒のクルーカードが使用された時刻が、柳井のクルーカード使用時刻と四十分しか違わないというのは、たしかに気になります。私も調べたいですね」

池谷管理官は、しばらく考え込んでから村雨に言った。

「それについては、君らが調べてくれ。援軍が必要なら同じ地取り班の中から何とか都合するんだ」

村雨がこたえた。

「了解しました」

安積は、また相楽に助けられたような気分になっていた。そのとき、相楽が村雨に言った。

「それにしても、令状もないのに、よく教えてくれましたね」

村雨が聞き返す。

「何のことでしょう?」

「カード記録です。メンバーの個人情報についてはマリーナ職員は教えたがらないはずです」

「柳井社長のカードについては、島谷彩子が防犯カメラに映っていた時刻と使用された時刻がほぼ一致したので、マリーナ職員も関連を考慮して教えてくれたのだと思います」

「それについては、訊かないでくれるとありがたいんですがね……」

それを聞いた佐治係長が言った。

「それはどういうことだ？　何か違法なことをやったということか？」

村雨がこたえた。

「違法とは言えないでしょうが、あまり感心できない手を使いました」

「何をした？」

「防犯カメラに、石黒らしい人物も映っていたので、本人かどうか確認したいと言ったのです」

「つまり、嘘をついたということか？」

「そういうことになりますかね……」

「嘘をついて聞き出した証言に証拠能力はないぞ」

「おっしゃるとおりです。やり方がまずかったかもしれません」

「まあ、いいじゃないですか」

そう言ったのは、相楽だった。「事実を聞き出すための方便です。捜査のテクニックと考えればいいでしょう。もし、村雨さんの機転がなかったら、令状なしでは知り得なかった情報かもしれないんです」

佐治係長が言った。

「石黒のほうは？」

「ふん。まあ、今後は気をつけることだ」

池谷管理官が村雨に尋ねた。

「他に何か？」

「以上です」

池谷管理官がうなずくと、村雨とその相棒は一礼して管理官席を離れていった。

午後七時半になると、水野と達川が戻ってきた。

管理官席にやってくると、達川が池谷管理官に一礼してから安積に言った。

「東都スポーツの西沢とＴＢＮの佐々木に会えました」

安積は片手でそれを制して言った。

「管理官に直接報告してくれ。事情はご存じだから」

達川は池谷管理官のほうを見て続けた。

「西沢は、青山のちょっと有名なブランドショップで、そして、ＴＢＮの佐々木は、ＢＳ放送の番組収録の現場で、それぞれ柳井社長と島谷彩子との口論を目撃していました」

池谷管理官が質問する。

「それはいつのことだ」

「いずれも二週間以内の出来事ですね」

彼らは聞き出して来た日付を報告した。

安積は言った。

「二週間以内の出来事というのは、内山の証言とほぼ一致しますね」

佐治係長が言う。

「これで、ますます二人の不仲説が確実になったわけだ。つまり、柳井の容疑がより一層濃くなったということじゃないですかね」

達川が言った。

「それって、二人が付き合っていたということが前提ですよね」

佐治係長が言った。

「そうだよ、タッつぁん。付き合っていたが不仲になり、それが犯行の動機につながったというわけだ」

達川が水野と顔を見合わせた。それを見て安積は尋ねた。

「どうしました。何かあったんですか?」

達川がこたえた。

「いえね……。TBNの佐々木を訪ねたときのことなんですが、佐々木の上司のちょっとエラいさんが、自分らが柳井社長と島谷彩子のことを調べているのを耳にして、それは下《げ》司《す》の勘ぐりだ、なんて言い出して……」

「どういうことです?」

「その人は柳井社長とは古くからの付き合いでしてね……。彼が言うには、柳井社長と島谷彩子は、世間で噂されるような関係じゃないって言うんです」

安積は眉をひそめて、池谷管理官の顔を見た。

池谷管理官が言った。

「そのエラいさんというのは？」

「TBNの制作局長です。名前は、加藤和巳《かとうかずみ》」

安積は、内山の慎重な物言いを思い出していた。もしかしたら、内山もその制作局長と同様のことを思っていたのかもしれない。

安積は池谷管理官に言った。

「その加藤さんに話を聞いてみたいのですが……」

「そうだな。任意同行を求めてみよう。それがだめなら、会いに行ってみてくれ」

「了解しました」

もうじき、夜の捜査会議だ。明日一番に手配しようと、安積は思った。

15

午後八時になり、夜の捜査会議が始まろうとしていた。突然、「気をつけ」の声がかかり、講堂の出入り口に白河刑事部長が姿を見せた。部長に続いて、野村署長が入室してきた。全員起立で二人を迎えた。

捜査員たちの多くは怪訝《けげん》そうな表情だ。無理もないと、安積は思った。

刑事部長や署長が、こんなに頻繁に捜査本部に顔を出すのは、極めて珍しいことだ。内心迷惑に思っている捜査員もいるだろう。偉い人が来ると、何かとやりにくい。

会議はいつものとおり、池谷管理官の司会進行で始まった。

柳井が二回、島谷彩子が一回、マリーナの防犯カメラに映っていたというSSBCからの報告が告げられた。そして、柳井の行動がマリーナでの聞き込みで確認されたことが述べられた。

次に、内山隆明の証言が報告された。さらに、その裏付けとして、TBNの佐々木、東都スポーツの西沢の話が伝えられた。

その報告を聞く部長の表情は渋かった。ここまでの話を聞くと、明らかに柳井に疑いがかかりそうだった。

続いて、池谷管理官が、事件の日、あるいはその前日に、マリーナで石黒雅雄のクルーカードが使用されたことを告げた。

白河部長が、即座にその話題に食いついた。

「事件の際に、石黒雅雄がマリーナにいた可能性を示しているのか?」

池谷管理官はかぶりを振って言った。

「いいえ。そうとは限りません」

「どういうことだ?」

「メンバーズカードには、三種類ありまして……」

「そうだったな。カードについて、もう一度説明してくれるか」

池谷管理官は、使用されたのはクルーカードであり、通常船のオーナーが使用するものではないことを説明しなければならなかった。

偉い人が会議に臨席することの弊害の一つはこれだと、安積は思った。捜査員たちにとっては共通認識の事実を、一から説明する必要があるのだ。

しかし、メリットもある。特に警察のようなトップダウン型の組織では、意思決定がその場ですみやかにできる。

デメリットとメリットのどちらが大きいかは考えないことにしようと、安積は思っていた。

池谷管理官の説明が続いた。

「当日使用されたのは、クルーカードでした。つまり、使用したのは石黒雅雄本人ではない可能性があります」

「クルーカードを持っていたのは誰《だれ》なんだ？」

「まだ確認されておりません。ちなみに、カードに関して申しますと、柳井武春本人はオーナーカードを使用しております。また、島谷彩子は、柳井武春のクルーカードを使用したものと思われます」

「彼女が柳井社長のクルーカードを持っていたということだな」

「はい。そして、石黒雅雄のクルーカードが使用されたのは、柳井氏のクルーカードが使われた時刻の四十分ほど前のことです」

白河部長の眼《め》が輝いた。

「誰がクルーカードを持っていたのか、確認を急いでくれ」

「了解しました」

池谷管理官としては、そうこたえるしかないだろう。

会議の前半では、柳井社長が被疑者だという印象が強かった。だが、白河刑事部長の発言によって、石黒雅雄の側に容疑が傾きつつあるように感じられた。

それは危険なのではないだろうか。安積はかすかに不安を覚えた。

海堀の要求のことを考えると、このまま石黒のほうに捜査の重点が移って行けば都合がいい。

だが、安積の都合や部長の思惑で捜査の方針が左右されていいはずがない。

こういうときは、一歩引いて考えるべきだ。現時点で、怪しいと思えるのは、どちらだろう。

部長の思惑も、海堀の要求も、いったん頭の中から排除して、改めて事件のことを考え直してみた。

結局結論が出ないうちに、会議が終わった。

幹部席では、白河部長と田端課長が何事か話し合っている。互いに主張をぶつけ合っているという雰囲気ではない。

彼らは純粋に捜査の手順について打ち合わせているに過ぎないのだろう。安積はそう考えた。

池谷管理官が言った。

「誰かを石黒のところにやって、クルーカードの持ち主を確認してくれ」

佐治係長が眉間《みけん》にしわを寄せて言った。

「そっちにあまり人手を割かれたくありませんね……」

池谷管理官が少々不機嫌そうな顔になって言った。

「部長の指示なんだ。無視はできない」

佐治係長が安積のほうを見て言った。

「今石黒の件を手がけている連中で、まかなってもらえないかね」

安積は須田や村雨のことを思い出しながら言った。

「問題ないと思います」

佐治係長はうなずいた。

「じゃあ、そっちは任せていいな。それで……」

彼は池谷管理官に視線を移した。「柳井のほうをもっと攻めたいんですが……」

「まだ引っぱるわけにはいかない。それは確認したはずだ」

「周辺の聞き込みを強化したいと思います。捜査員たちにそう指示しましょう」

「発破をかけなくても、充分にやっていると思うぞ。柳井の周辺といえば、TBNのエライさんはどうなった？　たしか、制作局長だったか……」

安積はこたえた。

「加藤制作局長ですね。明日、話を聞いてこようと思っています」

「明日……？」

池谷管理官は驚いたように言った。「あんたと相楽君に今夜の夜勤をやってもらうつもりなんだが……」

「ええ。今夜は私たちが当番です」

「明日、夜勤明けで訪ねることになるぞ」

「どういうことはありません」

「誰かに行かせたらどうだ。そのために捜査員がいるんだ」

「直接話を聞いてみたいんです」

これは本音だった。

島谷彩子が柳井社長の愛人だというのは、「下司《げす》の勘ぐり」だと加藤が言ったらしい。その真意を知りたかった。

池谷管理官が安積に言った。

「無理はしないようにな」

安積はほほえんで言った。

「捜査本部で無理をしていないやつなんていませんよ」

「まあ、それはそうだが……。じゃあ、加藤制作局長の件と、石黒のクルーカードの件は、安積係長に任せていいな」

「はい」

「じゃあ、私たちはこれで休ませてもらおう」

佐治係長が相楽に言った。

「後は頼んだぞ」

捜査一課で自分の部下だった者しか信用しないという態度だ。だが、いちいち気にすることもないと、安積はそれを無視した。

池谷管理官と佐治係長が講堂を出て行くと、安積は、まだ残っている村雨と須田を呼んだ。

須田はいつものように、ことさらに真剣な表情でやってきた。

「何です、係長」

村雨は難しい表情だ。だが、これもいつものことだ。

安積は二人に言った。

「部長から指示があったとおり、石黒雅雄のクルーカードを誰が持っていたか確認しなければならない」

須田がちょっとうれしそうな顔になって言った。

「じゃあ、石黒雅雄に会いに行かなきゃならないですね」

「本人に会うかどうかは、おまえたちに任せる。カードの持ち主を確認したいだけだ」

村雨が言った。

「了解しました。いずれにしろ、調べようと思っていたことです」

「頼んだ」

二人がその場を去りかけるのを見て、安積は言った。

「ちょっと待ってくれ」

須田と村雨が立ち止まり、同時に振り向いた。須田が尋ねた。

「何です、係長」

安積は、会議中に考えていたことを二人に話してみようと思った。

「今、捜査本部の方針が二つに分かれている。柳井を被疑者にするか、石黒を被疑者にするか……。相楽に言わせると、それは課長派と部長派ということになるのだそうだが……」

村雨が言った。

ちらりと相楽を見ると、彼は薄笑いを浮かべていた。

「柳井が被疑者というのはあり得ますが、石黒雅雄についてはどうでしょう。本人というより、彼の周辺にいる誰かが怪しいんじゃないでしょうか」

「そうだな。おまえの言うとおりだ。わかりやすくしようとして、正確さを欠いたようだ。つまり、柳井が犯人か、それとも他に犯人がいるのか、という問題だ」

「ええ、そうですね」

「俺は、どちらの可能性が高いのか、冷静に考えてみようとした。だが、結局わからなかったんだ。おまえたちの意見を聞きたい」

須田と村雨は、戸惑ったように顔を見合わせた。

安積はさらに言った。

「俺が判断を下せないのには、ちょっとばかり事情があるんだ。村雨はそれを知っているんだが……」

村雨が言った。

「係長。ここでそれを言う必要は……」

「いや、須田にも知っておいてもらいたい」

安積は、海堀の要求のことを改めて説明した。話を聞き終わると、須田がひどく困った表情で言った。

「恩のある先輩の頼みじゃ断るわけにはいきませんよね。かといって、勝手に海堀さんに柳井社長を取り調べさせるわけにはいかないですし……」

安積は言った。

「何もおまえがそんなに困った顔をすることはない。俺が訊《き》きたいのは、おまえたちは柳井社長を被疑者と考えているのか、それとも、被疑者は他にいると考えているのか、なんだ」

村雨がこたえた。

「それは、一捜査員が判断することじゃないと思いますが……」

いかにも村雨らしい言葉だ。だが、額面通り受け取るわけにはいかない。彼なりの考えを持っているに違いないのだ。

「もちろん捜査本部の方針は幹部が決める。しかし、それは捜査員全員の考えをもとにしたものでなければならないと、俺は思っている。でなければ、おまえたちだって納得できないだろう」

「それはそうですが……」

「本音を聞かせてくれ」

村雨は、一瞬間を置いてからこたえた。

「現時点で上がっている証拠を見ると、柳井が疑わしく見えますね。でも、須田の話を聞いているうちに、石黒周辺の線も捨てられないと思うようになりました」

なんだ、結局俺と同じで、まだ結論が出ていないということなのか……。

安積はそう思いながら、村雨の話の続きを聞いていた。

「特に、犯行時刻にマリーナの繋留《けいりゅう》バースに入れたのは、メンバーズカードを持っている者だけだという須田の言葉に、考えさせられましたよ」

安積は言った。

「メンバーズカードなら、柳井社長も持っている」

村雨が苦笑した。

「柳井社長の船のすぐ近くで遺体が見つかったんですよ。凶器が船にあった電気のコードだったことや被害者のサンダルが甲板で見つかっていることから、殺害現場は船だと考えていいと思います。柳井社長が犯人だったとしたら、自分がやったと言っているようなもんじゃないですか」

「たしかにそのとおりだな……。じゃあ、おまえは、柳井社長が犯人ではないと考えているのだな？」

「結論を出すのはまだ早いと思います。でも、俺は須田の説に乗ってもいいと思っています」

安積は須田を見た。

「……ということだが、おまえの意見を聞かせてくれ」

いつの間にか須田が半眼になっている。まるで仏像のような顔だ。普段のおどおどした須田ではなくなっている。この表情は、彼が本気で頭を働かせていることを示している。もしかしたら、これが本当の須田の姿なのではないかと、安積は時々思う。

須田が言った。

「柳井社長が犯人だというのは、おそらく彼の評判のせいもありますね。芸能界のドンというだけで、一般の人はいい印象を持ちません。もともと暴力団の構成員だったこともあって、いまだに反社会的勢力と関《かか》わりがあると思われています。まあ、それは事実かもしれませんが、だからといって島谷彩子を殺害したという根拠にはなりません」

「もちろんだ」

安積は、須田が何を言いたいのかよくわからず、戸惑いながら言った。「だが、柳井社長は邪魔者を消すと言ったのはおまえだぞ」

「そういう噂《うわさ》があるという話をしただけです。百歩譲って、本当に邪魔者を抹殺しているのだとしても、島谷彩子は邪魔者ではないでしょう」

「二週間ほど仲違《なかたが》いをしていたという情報がある。邪魔になったのかもしれない」

須田は半眼のままかぶりを振った。

「この場合の邪魔者というのは、仕事を妨害する者という意味です」

「じゃあ、おまえは石黒雅雄の周辺に被疑者がいると思っているのか？」

「ええ。そう思っています」

　須田がはっきりとそう言ったので、安積は驚いた。

「根拠は何だ？」

「消去法ですよ。犯行が行われたのは、深夜から未明にかけてのことでしょう？　その時間にマリーナの繋留バースに出入りできるのは、メンバーズカードを持っている者だけです。柳井社長もカードを持っていますが、さっき村チョウが言ったとおり、柳井本人が船で島谷彩子を殺害したとは考えにくい。じゃあ、石黒雅雄や彼の周辺はどうか……。俺は可能性があるんじゃないかと思います」

「おまえ、最初から十三年前の事件を知っていたのか？」

「三崎義次が焼死体で発見された事件ですね。いやあ、まさか今でもその件を追っかけている刑事がいるとは思いませんでした。いえ、最初は気づかなかったんですよ。でもね、マリーナで石黒雅雄と聞いて、なんかこうもやもやとしたんですよね。マリーナで彼のことを調べているうちに思い出しましたよ」

「その件が、今回の事件に影響していると思うか？」

　須田はかぶりを振った。

「いや、十三年も前のことですからね。直接の影響はないと思います。ただ……」

「ただ、何だ？」

「関わりはあるでしょうね。きっかけは十三年も前のことじゃなく、最近のことだと思いますけど……」

「おまえが部長に言った、一年前のマネージャーの件か」

須田がうなずいた。

「ええ。可能性はあると思いますよ」

「石黒が柳井社長に対してひどく腹を立てていたというんだな」

「今や大物ですからね。なめられたと思ったんじゃないでしょうか」

「待ってください」

ずっと三人の会話を聞いていた相楽が安積に言った。「石黒雅雄本人の動機について話しているように聞こえますね。でも、使用されたのは、石黒のオーナーカードではなく、クルーカードですよ。深夜にマリーナに行ったのは、本人じゃなくてクルーカードを持った者でしょう」

村雨もそれに同調した。

「そう。だから、石黒ではなくその周辺にいる者が被疑者だと考えたわけだ」

須田が村雨に言った。

「どっちの可能性もあると思うよ」

「どっちの可能性も……？」

「そう。石黒本人の可能性も、その周辺にいる人物の可能性も……」

そして、須田は相楽を見て言った。

「本人だって、クルーカードを使おうと思えば使えるわけですし……」

相楽が言った。

「偽装だと……？」

須田は肩をすくめた。

「ですから、両方の可能性があると思うんです。本人かあるいはその周辺にいる者か……」

安積は、再度指示した。

「石黒雅雄のクルーカードを誰が借りていたかを調べてくれ。そして、できればその人物から話を聞くんだ」

村雨が思案顔で言った。

「そのクルーカードを、現在誰が所持しているかを明らかにする必要もありますね」

安積はうなずいた。

「そうだな。それも確認してくれ」

村雨と須田はうなずいて、管理官席を離れていった。

その姿を眼で追いながら、相楽が言った。

「さすがに安積班には優秀な部長がそろっていますね」

この場合の「部長」は、巡査部長のことだ。一般人には紛らわしいかもしれないが刑事部長は役職で巡査部長は階級だ。警部補の下、巡査の上だ。

「ああ。二人とも優秀だ」

「それにしても、安積係長のやり方には驚きました」

「何の話だ？」

「自分では判断がつかないからといって、二人に意見を求めたでしょう？　係長が部下にそんなことを言うなんて、自分の常識からするとあり得ないことなんで……」

「頼りない係長だと思っただろうな」

「いえ。……というか……」

相楽は言葉を選んでいる様子だった。やがて彼は言った。「佐治係長や自分とは違うなと思っただけです」

「係長が皆同じやり方である必要はない」

「はい」

それきり相楽はその話題に触れようとはしなかった。

16

午後十時を回った頃《ころ》、講堂の出入り口に空色の交機隊の制服姿が見えたので、安積は驚いた。速水小隊長だ。

彼がまっすぐに管理官席に近づいてきたので、安積は言った。

「関係者以外立ち入り禁止だぞ」

速水はこたえた。

「俺は警察官だ。関係者だろう」

「捜査関係者ということだ。捜査情報が洩《も》れたりしたらたいへんだ」

「俺が記者に情報を洩らすと思うか？」

「おまえが洩らすかどうかが問題なんじゃない。捜査本部に無関係の人間が出入りすることが問題なんだ。いったい、何をしているんだ？」

「パトロールだよ」

「こんな時間に、署内パトロールか」

「俺も今夜は当番でな」

「とにかく、勝手に捜査本部に出入りするんじゃない」

「おい、ずいぶん固いことを言うんだな。相楽がいるからだろう」

安積は、それにはこたえないことにした。

たしかに、相楽の眼を気にしていた。

「自分のことは気にしなくていいですよ」

相楽が言った。「速水小隊長は、何かお話があって来られたんじゃないですか?」

「ほう」

速水が相楽に言った。「あんた、いけ好かないやつだと思っていたが、けっこう気がつくじゃないか」

相楽は苦笑していた。

人の思惑など気にせずに、ずけずけとものを言う速水がうらやましいと思いながら、安積は尋ねた。

「話って、何だ?」

「柳井武春のことを調べているんだろう?」

「ノーコメントだ」

「おい、俺は記者じゃないんだ。役に立てるんじゃないかと思って、来てやったんだがな」

「役に立てる?」

「久保田信一を覚えているか？」

「元マル走の強盗犯だろう。二日前に検挙した。それがどうかしたのか」

久保田検挙がずいぶん昔のことのようだと感じながら安積は言った。その言葉にうなずいてから、速水が言った。

「柳井社長の運転手をやってんのが、久保田の仲間だった」

「何だって……。元マル走ということか？」

「久保田の後輩で、珍しく更生してまじめにやっている。柳井社長に拾われるなんて、運がよかったんだな」

相楽が安積に言った。

「運転手なら、プライベートなことも知っているでしょうね」

安積はこたえた。

「柳井社長と島谷彩子の関係についても知っているだろうな。もしかしたら、仲違いのことも知っているかもしれない」

速水が安積に尋ねた。

「仲違い？」

「柳井社長と島谷彩子は、二週間ほど喧嘩《けんか》をしていたという情報がある」

「痴話喧嘩か？」

「普通はそう思うだろうな」

「そりゃそうだ。だって、被害者は柳井社長の愛人だったって、もっぱらの噂だ」

「おまえがそんな話を知っているとは思わなかったな」

「ネットがあるからな。テレビや週刊誌で取り上げないことも、ネットで広まる」

「やりにくい世の中になったもんだ。それで、おまえはその運転手と面識があるのか？」

「俺を誰だと思ってるんだ。天下の交機隊の小隊長だぞ」

「隊員からヘッドと呼ばれているらしいな」

「運転手の名前は、白木達彦。年齢は二十五歳だ」

安積はうなずいた。

「白木の連絡先は知っている。柳井社長のアリバイを確認するために、水野が会っているはずだ」

「やつは口が固い。だが、俺といっしょに行けば詳しい話が聞けると思う」

「いつなら会える？」

「今からどうだ？」

「おまえ、当番だと言わなかったか？」

「俺の部下は優秀なんでな。しばらく俺がいなくても問題はない」

「いや、問題はあると思う」

「気にしなければいいんだ」

「本当に今から行って話が聞けるのか？」

「この時間なら白木の仕事が終わっているんじゃないか」

「連絡が取れるんだな？」

「もちろんだ」

「行ってください」

相楽が言った。「ここは自分一人でだいじょうぶです」

速水が言った。

「決まりだ。十分後に正面玄関に来てくれ」

安積は聞き返した。

「十分後？」

「この恰好《かっこう》じゃ目立つんでな。着替えてくる」

速水が講堂を出て行った。

言われたとおり十分後に正面玄関に行くと、すでに速水が待っていた。安積は尋ねた。

「どこで会うんだ？」

「赤坂まで来てくれたら会ってもいい。彼はそう言った」

「赤坂だな。どうやって行く？」

「あの車だ」

速水が指さした先には、黒いワゴン車があった。

「覆面車か？」

「いや、隊員の乗用車だ。ちょっと借りることにした」

「パトカーで行くんじゃないかと思った」

「お望みならそうするが」

「あの車でいい」

すぐに出発した。ハンドルを駆る速水は完全にリラックスしている。まるで生まれたときから車を運転しているかのようだと、安積は思った。

かなりスピードを出しているはずだが、ゆっくり走行しているように感じる。本当にうまい運転というのは、こういうものだ。

赤坂まで来ると、速水は国際新赤坂ビルの裏手の路上に車を停《と》めた。その先に、黒塗りのセダンが駐《と》まっていた。

速水がパッシングをすると、そのセダンから誰かが下りた。スーツ姿だ。その人物は安積たちが乗っている車に近づいてきた。

速水が車を下りた。なんだかアメリカのドラマで見る麻薬の取引か何かのようだ。安積はそんなことを考えていた。

彼らは短い言葉を交わした。やがて速水が運転席に戻ってきた。

すると後部座席のドアが開いて、前の車から下りたスーツ姿の男が乗り込んできた。

速水が言った。

「白木達彦だ。白木、こちらは安積係長」

助手席にいた安積は、いったん車を下りて、後部座席の白木の隣に移動した。そのほうが話が聞きやすい。

白木は緊張した面持ちだった。安積は言った。

「こんな時間にお呼び立てして申し訳ありません。うかがいたいことがありまして……」

「事件の夜の社長のアリバイなら、女の刑事さんに話しましたよ」

「ええ。知っています。少し別なことをうかがいたいんです」

「別なこと？」

「柳井社長と被害者の島谷彩子さんの関係についてです」

「すいません」

白木は言った。「自分はそういうことをお話しできる立場じゃないんです。勘弁してください」

「勘違いしないでいただきたいのですが、我々は週刊誌の記者などではありません。事実をありのままに知る必要があるのです」

「自分は……」

白木は、何か言いかけて口をつぐんだ。安積はさらに言った。

「世間では、島谷さんは柳井社長の愛人だということになっていますし、島谷さんに近い人物からそのような証言を得ています。実際はどうなのでしょう」

白木は安積のほうを見て言った。

「たしかに、プライベートで社長と立原……、いえ島谷さんは頻繁に会っていました。でも……」

「でも、何です？」

「二人の関係が、世間で噂されているようなものかどうか、自分にはわかりません」

この言葉は、内山の発言にニュアンスが似ていると、安積は感じた。

「つまり、愛人かどうか、あなたにはわからないということですか？」

「わかりません」

「あなたは、社長のごく身近におられるわけですね」

「はい。社長が出かける際には必ず同行いたします」

「そのあなたにも、二人の関係が理解できないということですか？」

「私は車で目的地まで社長を送り届けるだけですから……」

「それでも、お二人がどういうお付き合いをされているかわかるんじゃないですか？」

「食事やショッピングをよくしていました。それ以外のことはわかりません。もし、愛人だというのなら、相手の部屋を訪ねたり、ホテルに行ったりするんじゃないでしょうか。社長はそういうことは一切していません」

安積は驚いた。

「部屋を訪ねていない……？」

「はい。相手の部屋に泊まるどころか、遊びにいくこともありませんでした」

「あなたの知らないところで、二人で会われているというようなことは？」

白木は肩をすくめた。

「それを自分に訊かれても……」

それはそうだ。知らないところでこっそりと会っていたのなら、白木には確かめようがない。

安積はさらに尋ねた。

「二週間ほど前から、社長と島谷さんは仲違いをされていたという話を聞きましたが……」

「そうだったかもしれません」

「二人が揉《も》める場面を目撃したことはありますか？」

「いいえ。そういう場面には遭遇しませんでしたが……」

「が……？」

「社長が電話で島谷さんと話をしているのが聞こえてきました」

「内容は？」

白木は辛《つら》そうな表情になった。

「運転手が、雇い主の電話の内容を他人に洩らしたりしたら終わりですよ。信用がなくなり、仕事を続けることができなくなります」

安積はうなずいた。

「わかりました。私も無理強いはしたくありません。うかがいたいことは以上です」

白木は驚いた顔を安積に向けた。

「無理強いはしたくないですって……？　何が何でも聞き出すのが警察なんじゃないですか？」

「そういう刑事がいることは事実です。でも、私はやりたくありません。それに、強要して得られた証言には、本来証拠能力はないんです。ご協力、感謝します」

「な、言っただろう」

運転席の速水が白木に言った。「安積係長は、こういうやつなんだ」

安積は助手席に戻るために、車を下りようとした。

「待ってください」

白木が言った。戸惑った表情のままだった。安積は動きを止めて、彼の言葉を待った。

「島谷さんは、移籍を考えているようでした」

「移籍……？　プロダクションを変わるということですね？」

「電話でのやり取りを聞いただけなので、詳しいことはわかりません。でも、そのような話だったと思います」

安積はうなずいた。

「わかりました。参考になりました。ありがとうございます」

白木は、向こう側のドアから下りようとした。今度は安積が彼を呼び止めた。

「ここで証言することで、運転手としての誇りを傷つけることになったのだとしたら、謝ります。どうか自分を責めないでください。あなたは正しいことをされたのです」

白木は先ほどよりもさらに驚いた顔になった。そして、何か言いたそうにしていたが、結局何も言わず、会釈をしてから車を下りた。

彼はそのまま、黒塗りのセダンに向かった。

速水が言った。

「おまえは変わらんな」

安積が助手席に移動すると、速水は車を出した。そのときにはすでに白木が乗った黒いセダンは走り去っていた。

安積は、今白木から聞いたことについて考えていた。

速水が何か言った。

「考え事をしていた。何だって?」

「なんだか妙なことになってきたと言ったんだ」

「妙なこと?」

「俺はてっきり、島谷彩子が柳井社長の愛人だと思っていた。芸能プロの社長がタレントに手を出すのは珍しいことじゃないらしいからな。だが、白木の話を聞くと、どうもそうじゃないような気がしてきた」

安積は言った。

「内山という芸能記者が、柳井社長と島谷彩子の関係について、白木と同じようなことを言っていたんだ」

「おい、捜査情報を洩らしちゃまずいんじゃないのか」

「おまえは関係者なんだろう」

「そうだったな」

「島谷彩子が愛人だと証言した者もいる」

「誰だ？」

「島谷のマネージャーだった女性だ。そのプロダクションの社長も、証言はしなかったが、愛人であることを認めるような態度だった。どちらが本当なのだろう……」

「マネージャーが言ったことの根拠は？」

「そこまでは尋ねていない。マネージャーと言えばタレントにとっては最も身近な存在だろう。その証言だから、信憑性《しんぴょうせい》があると思い込んでしまったんだ」

「根拠がないんじゃ、信じるわけにはいかないぞ」

「おまえの言うとおりだ。もう一度話を聞く必要があるかもしれない」

「捜査員にやらせろよ。係長が出しゃばると嫌われるぞ」

「そうだな……」

話をしながらも、速水は滑らかにハンドルを操っている。それに感心した安積は思わず口に出していた。

「さすがに、見事な運転だな」

「四輪ドリフトとか、見せてやろうか」

「やめろ」

署に戻ると、速水は交機隊の分駐署に向かった。

捜査本部に帰った安積に、相楽が尋ねた。

「どうでした?」

安積は、白木の証言内容を説明した。話を聞き終えると、相楽が言った。

「もし、島谷彩子が柳井社長の愛人じゃなかったとしたら、動機の点でちょっと弱くなりませんか?」

「そうだな……」

殺人の動機では、男女関係のもつれがかなりの割合を占めている。相楽はそれを指摘しているのだ。

「移籍話というのが気にはなりますが……」

「芸能人にとって所属事務所はとても重要なんだと聞いたことがある。それが殺人の動機と考えられないこともないが……」

「柳井社長と石黒雅雄の確執も、そこから始まったようですからね」

「とにかく、確認を取らなければならない。マネージャーの宮坂早紀の証言の裏もまだ取っていなかった」

「それは、誰か捜査員にやらせましょう」

安積はうなずいた。

「係長があんまり出しゃばるなと、速水に言われた」

「速水さんは人のことを言えないと思いますがね」

「TBNの加藤制作局長を訪ねるときは、誰か捜査員を連れていこうと思う」

「達川さんと水野がいいんじゃないですか」

「そうしよう」

すでに幹部席には誰もいなくなっていた。田端課長も帰宅したようだ。あるいは別の事件の現場に赴いたのかもしれない。

捜査一課長は恐ろしく多忙だ。疲れ果てて帰ると、自宅の周辺に記者たちが集まっている。彼らの相手をするのも仕事なのだ。

誰もがぎりぎりのところで戦っている。夜勤明けで聞き込みに出かけるくらい、どうということはない。

安積はそう思った。

17

最近では、捜査本部の捜査員も徹夜などせずに帰宅するように言われるようだが、安積には考えられないことだった。いまだに、多くの捜査員がそれは現実的ではないと思っている。

午前九時から午後五時の間にだけ犯罪や違反、事故が起きるわけではない。また、犯罪捜査は時間が勝負だ。だから、警察官は不眠不休で捜査をする。

何も警察官だけではない。消防署員も同じだろう。火事はいつ起きるかわからないし、救急車の要請もいつあるかわからない。

そして、一度火事となれば鎮火するまで彼らは炎と戦い続ける。あるいは、急患や怪我《けが》人《にん》のもとに駆けつけ、病院まで送り届けるのだ。

自衛隊員だってそうだろう。災害がいつやってくるかわからない。彼らは救助のためにいつでも出動できる態勢でいるはずだ。

おそらく、どこかの国が攻めてくるというのは、現時点ではあまり現実的ではないと思うが、それだって決してあり得ない話ではない。自衛隊は常にそれに備えていなければならないのだ。

実際、捜査本部の中に人が絶えることはなかった。連絡係や当番だけでなく、何人かの捜査員が深夜から朝方まで出入りしていた。

やがて、午前八時近くになり、池谷管理官と佐治係長がやってきた。

「何か変わったことは？」

池谷管理官に尋ねられて、安積は昨夜、運転手の白木に会いに行ったことを報告した。

話を聞き終えると、池谷管理官が言った。「たしか、白木は柳井社長のアリバイについて証言したんだったな」

「はい。遺体発見の前夜から未明にかけては、自宅にいたはずだと証言しました」

佐治係長が即座に言った。

「だが、それはアリバイ証明とは見なされなかったはずだ。運転手は、午後八時頃《ごろ》柳井を自宅に送ったというだけで、その後の行動については知らなかったんだろう」

安積は言った。

「そのとおりです。一度自宅に戻った社長が、その後出かけるはずがない。出かけるとしたら必ず自分の運転で出かけるはずだ。それが白木の主張です。しかし、佐治係長がおっしゃるとおり、それがアリバイとは認めがたいでしょう」

池谷管理官が言う。

「柳井社長が、島谷彩子の自宅を訪ねたり、二人でホテルに行ったりしたことはなかった……。白木のその証言には、どれくらい信憑性《しんぴょうせい》があると思う？」

「白木には直接利害関係のない話ですから、信憑性はあると思います。芸能記者の内山や、TBNの加藤制作局長の話の内容とも一致すると思います」

佐治が言った。

「利害関係はあるさ。柳井が捕まったら仕事がなくなっちまうわけだろう。柳井に恩もあるだろうしな」

「話を聞いた印象でも、信憑性があると判断しました」

佐治がふんと鼻で笑う。

「印象は法廷では役に立たないよ」

捜査員が抱く印象は大切だ。法廷での証拠能力云々《うんぬん》の前にまず、捜査員が事実にたどり着かなければならないのだ。

そう思ったが、ここでそんな反論をする必要はないと安積は判断した。

「事務所の移籍話については、白木のほうから自主的に話してくれました」

安積の言葉に、池谷管理官が考え込んだ。

「それが二人の諍《いさか》いの原因だとしたら、犯行の動機と考えることもできるわけだが……」

「どうでしょう」

安積は言った。「そのへんは、直接柳井社長に話を聞いてみないと……」

池谷管理官はうなずいた。

「わかった。今の件は、朝の捜査会議で発表する。TBNの加藤制作局長に会うと言っていたな？」

「はい。捜査会議後に、水野と達川さんを連れて行ってこようと思っています」

「了解した。当番明けなのだから、早めに切り上げて休め」

「はい」

まず、田端課長がやってきて、その五分後に白河部長と野村署長が到着した。部長や署長の臨席はいつまで続くのだろう。

安積がそんなことを考えていると、捜査会議が始まった。

池谷管理官が、白木の証言について報告すると、さっそく白河部長が質問した。

「その白木という運転手は、被害者が柳井社長の愛人だったことを否定したんだな？」

池谷管理官は、気圧《けお》されたようにこたえた。

「はっきり否定したわけではないと思いますが、それについては直接話を聞いた安積係長から報告してもらいます」

指名されて安積は立ち上がった。

「池谷管理官がおっしゃったとおり、白木ははっきりと否定はしませんでした。ただ、柳井社長が島谷彩子の自宅を訪ねたり、二人でホテルに行ったりはしなかったと証言しただけです」

「それは愛人であることを否定したと考えていいんじゃないのか」

「他にも、似たような発言をする者もおり、そう考えることもできると思います」

「被害者が柳井社長の愛人でないとしたら、犯行の動機もなくなるわけだな」

「そういうことになります」

TBNの加藤については、まだ触れないでおくことにした。話を聞いてから報告するのが筋だ。

白河刑事部長が言った。

「わかった。それは重要な証言だと思う」

安積は言った。

「移籍話が浮上していたことも、重要だと思います」

都合のいい情報だけに注目してはいけない。安積はそう思ったのだ。

たちまち白河部長の表情が険しくなった。

「それが柳井社長と被害者の仲違《なかたが》いの原因というわけか」

「そういうことだと思います。今のところ、他の理由は見当たりません」

「しかしな……」

白河部長が言った。「柳井社長は芸能界最大の実力者と言ってもいい。その彼が、たかがグラビアアイドル一人移籍するからといって、それを殺害しなければならない理由がわからん」

安積は無言で立っていた。部長の言葉に対して何を言っていいかわからなかった。そういうときは、何も言わないに限る。

沈黙に耐えかねるように、白河部長がさらに言った。

「移籍話でいちいちタレントを殺害していたら、芸能プロダクションなんてやってられないだろう」

石黒雅雄の移籍話のときはどうだったのだろう。安積は、そんなことを考えていた。

石黒雅雄の移籍先と言われていたミサキプロダクションの三崎社長が焼死体で発見された。それについて、白河部長は何か知っているのだろうか。当時赤坂署の署長だった白河部長は、その件にどう関与していたのだろう。

その件を追及したいと思っている自分に気づき、安積は少々慌てた。それはまさに地雷だろう。踏んだとたんに、おそらく自分は木《こ》っ端微塵《ぱみじん》だ。

白河部長が言った。

「他に何か付け加えることはあるか？」

「いいえ」

安積がそうこたえると、白河部長は無言でうなずいた。安積は着席した。

田端課長が池谷管理官に尋ねた。

「解剖の結果はまだ届かないのか？」

「まだですね」

「ずいぶんと時間がかかっているじゃないか」

「これぱかりは、大学の都合ですからね……」

行政解剖は、東京都監察医務院が担当するが、司法解剖は大学病院の法医学教室に依頼する。どこの大学も予定が詰まっているし、人手不足もあってなかなか思うようにならないのが現状だ。

「早いところ、解剖の結果をもらえるように、働きかけてくれ」

白河部長に言われて、池谷管理官は、かしこまった表情になってこたえた。

「了解しました。確認してみます」

その後、細々《こまごま》とした報告があったが、どれも事件の大筋とは関係なさそうな内容だった。

やがて、会議は終わった。

例によって、白河部長と野村署長は席を立つ。これから、白河部長は警視庁本部に向かい、野村署長は東京湾臨海署の署長室に収まるのだろう。

安積は管理官席を離れ、達川と水野に近づいた。そして、二人に声をかけた。

「今から、ちょっと付き合ってくれるか？」

水野が聞き返した。

「どこへです？」

「ＴＢＮだ。加藤制作局長に話を聞きたい」

すると、達川が言った。

「昨日、私らが話を聞いたが、それじゃ不足だってことですかね？」

「いえ、直接会って話を聞いてみたいと思ったんです」

「ふうん。係長が行けば、俺たち以上のことを聞き出せるってわけですか」

「そういうわけじゃありません。ただ、島谷彩子が柳井社長の愛人であることを否定するような証言がいくつかあることが気になっているんです。加藤制作局長は、何か事情を知ってそうじゃないですか」

達川が肩をすくめた。

「ま、そういうことなら、お供しますよ」

「では、すぐに出かけましょう」

ＴＢＮにやってくると、安積は正面玄関の受付で、加藤制作局長に会いたいと告げた。

「お約束ですか？」

お決まりの台詞《せりふ》だ。警察手帳を出さなければならないのだが、安積はいつもその行動について、半ば誇らしく、半ば照れくさく感じる。

警察手帳を提示しつつ、安積は言う。

「約束はしていないのですが、どうしてもお目にかかって、お話をうかがう必要があるのです」

「お待ちください」

受付嬢は落ち着いた様子で電話をかけた。警察が来ても慌てたりはしない。プロの受付だ。電話を切ると彼女が言った。

「制作局にいらしてください。九階です。エレベーター前で、係の者がお待ち申し上げております」

入館証を渡され、それを首から下げた。マスコミ各社への出入りが厳しくチェックされるようになったのはいつからだろう。安積はそんなことを考えていた。

昔はもっとおおらかで、かなり自由に出入りできた。今では、テレビ局にも新聞社にも、駅の改札のようなゲートがあり、一階のロビーには必ず警備員が立っている。入館証の類《たぐい》を身に着けていないと、そのゲートの向こうには行けない。

テレビ局で、いわゆる顔パスなのは、たぶん有名な芸能人だけだ。

言われたとおりエレベーターで九階まで行くと、若い女性が安積たちを待っていた。

「こちらへどうぞ」

案内された制作局長室は広くて豪華だった。東京湾臨海署の署長室よりはるかに立派だ。

執務デスクの向こうで、紺色のスーツにノーネクタイの男が立ち上がった。

「二日連続で聞き込みに来るなんて、どういうことです？」

挨拶《あいさつ》もなしにそう言われた。まずは名乗ることだと思った。

「東京湾臨海署の安積といいます。昨日この二人がうかがった話について、さらに詳しくお聞かせいただく必要がありまして……」

「手短に頼みますよ」

「心得ています」

「訊《き》きたいことってのは、柳井社長と立原彩花のことだね」

「ええ。殺人の被害者なので、我々は本名をお呼びします」

「わかった。では、私も島谷彩子と呼ぶことにしよう。程度の低い芸能マスコミや世間では、島谷彩子は社長の愛人ということになっているがね、二人はそんな関係じゃない」

「では、どういう関係なんです？」

「おそらく、柳井社長は島谷彩子には指一本触れていないよ」

「指一本触れていない……？」

加藤制作局長は言い直した。

「あ、いや。それはちょっと言い過ぎだな。つまり、肉体関係なんかないということを言いたかったんだ」

「それについて、何か確証はありますか？」

「確証？　そんなものはないね。逆に尋ねるが、二人に肉体関係があるという確証はあるのかね？」

警察官が尋問をするとき、相手からの質問にこたえる必要はない。だから、安積は、こたえなかった。

「確証がないとしたら、どうしてあなたは、二人の間に肉体関係がないと言い切れるのですか？」

加藤はどっかと椅子《いす》に腰を下ろした。安積たち三人は立ったままだった。

加藤が言った。

「柳井社長とは付き合いが長いからな。わかるんだよ」

「付き合いが長いというだけで、他人のすべてがわかるわけではないでしょう。特に、男女関係については、意外なことが起きるもんです」

安積がそう言うと、加藤はちょっと意外そうな顔をし、それから笑みを浮かべた。

「そう。男女の仲は不可思議なものだ。何が起きるかわからない。刑事さんはなかなか世の中のことがおわかりのようだ」

「それほど経験があるわけではないのですがね……」

一度離婚したくらいでは、経験が豊富とは言えないだろう。

「その不可思議なことが、柳井社長にも起きたんだよ。ご存じのとおり、柳井社長は元極道だ。そしてその後は敏腕マネージャーとなり、芸能プロダクションの社長となった。つまり、女なんて周りに掃いて捨てるほどいたってことだ。若い頃はそれなりに遊んだだろうよ。けどね、遊びに溺《おぼ》れるような人じゃなかった」

「なるほど……」

加藤はしゃべりたがっている。それに水を差すのは愚かだ。

「特に、社長になってからは、タレントは商売道具だと割り切って、手を出したりはしなかったよ。だから、成功したんだ。女にうつつを抜かすようなやつは、芸能界では決して成功できない」

「それと、愛人を持つのは別問題のような気がしますが……」

「たしかに過去には愛人くらいいただろう。金もステータスもあるんだ。だがね、島谷彩子は違う」

「柳井社長は彼女を、頻繁に食事や買い物に連れて行っていたそうですが……」

「おそらく娘に対するようなものだったんじゃないのかね」

ふと安積は思った。

まさか、本当に娘なのではないだろうな。だとしたら、白木が言ったことも、加藤が言っていることも理解できる。

加藤の言葉がさらに続いた。

「柳井社長は、世間で言われているよりずっとシャイで粋な男なんだよ。島谷彩子に対する想《おも》いは、我々が考えているよりずっと純粋なんだと思う。それを下司《げす》なマスコミは理解できない。かわいがっていると、すぐに愛人ということになってしまう」

「島谷彩子のごく身近にいる人物が、彼女は柳井社長の愛人だと証言したのですがね」

「身近にいる人物？　誰《だれ》のことだ？」

「それは言えません」

「そいつは事情をよく知らないんだよ。マスコミなんかと同じで、根拠もなしに愛人だと言っているだけだろう」

「島谷さんは、柳井社長の船にも何度か乗っていたようですね」

「彼は親しい人や気に入った人を船に招待する。お気に入りの子が招待されても何の不思議もないだろう」

「マリーナのメンバーズカードも持たされていたようですが……」

「そうかもしれないが、それが何だと言うんだね。それが愛人である根拠だとでも言うのか？」

「一般的にはそう考える人もいるでしょう」

「それが下司の勘ぐりだと言ってるんだ」

「わかりました。もう一つ、うかがっていいですか？」

「何だ」

「柳井社長と島谷さんは、最近仲違いをされていたという話を聞きました。何かご存じですか？」

「仲違い？　いや、知らないな」

「喧嘩《けんか》をしているところを、目撃している人が複数います」

「だから何だ。どんなに仲がよくても喧嘩くらいするだろう。喧嘩をしたから、柳井社長が殺人の犯人だとでも言うつもりか。だとしたら、警察はマスコミ以上に下司だな」

「いろいろな可能性を考えなければなりません」

「柳井社長はそんな人間じゃない」

「世間では、邪魔者や逆らう者を消すのだと噂《うわさ》されていますが……」

「そういうイメージで売っているんだよ。周囲に恐れられているほうが、仕事がやりやすいんでな。演出だよ。そういう世界なんだ」

「制作局長というお立場上、今でも柳井社長とのお付き合いはおありなのでしょうね」

「現場じゃないんで、仕事上の付き合いがあるかというと、そうでもない。もちろん、たまにゴルフをしたり、飯を食ったりはするよ」

「そのような時に、島谷さんがごいっしょされることはありましたか？」

「いいや。俺の記憶ではなかったな」

嘘《うそ》を言ったり、ごまかしたりしている様子ではないと、安積は思った。

「お忙しいところお邪魔しました。ご協力ありがとうございました」

安積はそう言って礼をすると、出口に向かおうとした。すると、加藤が言った。

「柳井社長は殺人犯なんかじゃないよ。俺はそう信じている」

安積は何も言わず、もう一度礼をした。

18

ＴＢＮを出ると、達川が言った。

「あれ、どうなんだろうな……」

安積は尋ねた。

「何のことです？」

「島谷彩子は、どう考えたって柳井社長の愛人だろう。それを否定するなんて、何か特別な意図でもあるんだろうかね」

「頻繁に食事をしたり買い物をしたりしていた……。それを見た人は、関係を疑うでしょうね」

「マネージャーが愛人だと証言したんだろう。なら、間違いないだろう。それを否定するなんて……。加藤は柳井社長に弱みでも握られているのかな」

水野が言った。

「でも、そんな話は聞こえてきませんね」

達川が言う。

「もう少し洗ってみなけりゃな……」

安積は言った。

「私には、本気で愛人ではないと考えているように見えましたが」

「芸能プロダクションの社長がタレントに手を出すのは、よくあることじゃないか」

「そうなんですか？　私はそういうことはよく知らないので……」

安積が聞き返すと、達川はわずかにたじろいだ。

「俺だって芸能界に詳しいわけじゃない。でも、そういうもんじゃないのか」

「だからといって、柳井社長が島谷彩子を愛人にしていたとは限らないでしょう。加藤さんが言っていたことにも、それなりに信憑性はあると思います」

「信憑性……？」

「女にうつつを抜かすようなやつは、芸能界では成功できないという話です。ビジネスですから、ドライになる必要があるんじゃないでしょうか」

「俺には信じられないね。愛人だと見るほうが自然じゃないか」

「しかし、証拠はないんです。芸能記者の内山や運転手の白木も、島谷彩子が愛人であることを否定するような発言をしていますし……」

「だが、愛人だと証言した者もいた。そうだろう」

安積はしばらくその言葉について考えてから、水野に尋ねた。

「おまえはどう思う？」

二人のやり取りを聞きながら、ずっと考えていたのだろう。水野は尋ねられると即座にこたえた。

「私も係長が言われるとおり、加藤さんの発言には信憑性があるように聞こえました」

達川が尋ねる。

「直属の上司だから、そんなことを言っているわけじゃないだろうな」

「そうじゃありません。そういう心証を得たということです」

達川は一つ大きな溜《た》め息《いき》をついてから言った。

「実はさ。俺もそうなんだよな」

安積は尋ねた。

「どういうことです？」

「世間一般の常識で考えるとさ、島谷は柳井の愛人で間違いない。にもかかわらず、俺は加藤が言っていることが本当なんじゃないかという気がしているんだ」

「愛人と見るほうが自然だと言いませんでしたか？」

「加藤から詳しく話を聞くまでは、そう思ってたね。でも、係長が言うとおり、彼の発言や態度には説得力がある。だからさ、わざと言ったんだよ。どう考えたって柳井社長の愛人だろうって……。そうすれば、係長が反証してくれると思ったんだ」

「私を試したということですか？」

「人聞きが悪いな。弁証法だよ。テーゼ、アンチテーゼ、ジンテーゼ……。俺はあえてアンチテーゼを述べたというわけだ」

弁証法と来たか……。達川は見かけによらず、インテリなのかもしれない。安積はそんなことを思っていた。

「とにかく、聞いたことをそのまま管理官に報告しましょう」

達川は即答しなかった。何か考えている様子だ。ややあって、彼は言った。

「ああ、そうだな」


午前十一時頃に捜査本部に戻った。

相楽の姿はなかった。当番明けなので、休憩しているのだろう。幹部席には誰もいない。

田端課長も警視庁本部に戻ったようだ。

安積たち三人の姿を見ると、池谷管理官が言った。

「おう、ごくろう。どうだった？」

安積は、加藤の証言をできるだけ正確に伝えた。

報告が終わると、池谷管理官が安積に質問した。

「それで、加藤制作局長が柳井社長に弱みを握られているなどの利害関係は……？」

その質問にこたえたのは、達川だった。

「詳しくは調べていませんがね、弱みを握られているとか、そういうことはなさそうですね」

水野が補足する。

「加藤氏と柳井社長の関係は良好のようです。加藤氏が現場のプロデューサーの頃からの付き合いです」

「じゃあ……」

佐治係長が言った。「柳井をかばっているということじゃないのか。友達だからな」

それに対して、安積は言った。

「島谷彩子は本当に、柳井社長の愛人じゃないのかもしれません」

佐治係長が鼻で笑った。

「そんなばかな話があるか。愛人でもないのに、食事に連れて行ったり、買い物をしたりするのか？　マリーナのメンバーズカードを持たせていたんだぞ」

「だからといって、男女の関係であるという証拠にはなりません」

「安積さん、あんたいくつだ？　中学生じゃないんだ。金や時間だけ使って、関係を持たないなんてあり得ないだろう」

安積もそう思う。世の中の男の多くは下心を持っている。おそらく男というのはそういう動物なのだろうと、安積は思う。

そして、柳井社長は金と権力を持っている。そんな人物がプラトニックな関係だけで満足しているとは考えにくかった。

安積は佐治係長に言った。

「加藤氏は、柳井社長が島谷彩子に、娘のように接しているという意味のことを言っていました。そういうことだって考えられるのではないでしょうか」

「もし、島谷彩子が愛人でないのだとすると、柳井社長の犯行の動機がなくなると考えているんじゃないのか。部長にゴマをすろうって考えなのか？」

「そんなことは考えていません。愛人関係を否定する証言があることは事実なんです。それを無視することはできません」

佐治係長はさらに言った。

「万が一、島谷彩子が愛人じゃなかったとしても、マリーナのメンバーズカードを与えられていて、そのカードを使用して柳井の船を訪れたことは事実なんだ。依然として、柳井社長の疑いは濃い」

村雨や須田はそう考えてはいない。

船で島谷彩子を殺害すると当然疑いは柳井社長に向けられることになる。彼がそんな愚かなことはしないだろうというのが、村雨や須田の読みだ。

ここでそれを佐治係長にぶつけることもできる。だが、きっとそれも否定されるだろうと、安積は思った。

たしかに村雨や須田が言うことは充分に考えられるが、しばしば理屈に合わない形で犯罪が行われるのも事実だ。

感情に駆られ、後先を忘れて人を殺してしまうこともある。プレジャーボートの上で、いざこざがあり、勢い余って柳井が島谷彩子を殺害してしまったということだってあり得るのだ。

安積が何も言わないので、佐治係長が勝ち誇ったような表情になった。

「まだまだ筋は読めないよ」

そう言ったのは、達川だった。佐治係長は意外そうな顔で達川を見た。

「おいおい、タッつぁん。それはどういう意味だ。柳井の鑑が濃いのは明らかじゃないか」

「俺たちは今、柳井社長のことしか見てない。誰か他に注目すべき人物が現れたときに、初めてちゃんとした筋読みができる。そう思うんだけどね……」

佐治係長は反論しなかった。

このベテラン捜査員には、佐治係長も一目置いているようだ。

「さて……」

池谷管理官が言った。「安積係長は当番明けだ。しばらく休んでくれ」

安積はこたえた。

「そうさせていただきます」

夕刻、捜査員が上がる頃には捜査本部に戻るつもりだった。

達川が水野に言った。

「じゃあ、俺たちは聞き込みに出かけようか。柳井社長と島谷彩子の関係について、もう少し調べてみたい」

佐治係長が達川に言った。

「頼んだぞ」

安積は席に戻らず、そのまま蒲団《ふとん》が敷いてある柔道場に向かった。

固くて湿っぽい蒲団にもぐりこんだ。佐治係長の顔がちらついて、ひょっとしたら眠れないのではないかと思ったが、よほど寝不足がこたえていたようだ。いつのまにか眠りに落ちていた。


何度か目を覚ましてはまた眠り、蒲団を出たのは、午後六時過ぎだった。珍しく腹が減っていた。

若い頃と違い、あまり空腹を意識することがなくなっていた。警察学校にいる頃は、一日中腹が減っていたような気がする。

捜査本部に行くと、仕出し弁当があったので、係員からそれをもらった。管理官席で弁当を食べるのは気がひけるので、捜査員席の後ろのほうで食べることにした。

昔は若い係員が茶をいれたものだが、今はペットボトルの日本茶が弁当についていた。

弁当はまだ温かかった。配達されて間もないのだろう。それをありがたく平らげ、管理官席に戻った。

すでに相楽が起きてきていた。

池谷管理官が言った。

「弁当くらい、ここで食べればいいだろう。今から私たちも食べるつもりだ」

「昼飯を食いっぱぐれていたので、腹ぺこでした。一人で先に食べるのが申し訳なかったので……」

「そんなことを気にすることはないんだ」

そう言われても、つい気にしてしまう。池谷管理官は、その言葉どおり、佐治係長と二人で弁当を食べはじめた。相楽はいつ食事をしたのだろう。安積はちょっと気になっていた。

午後七時を過ぎると、続々と捜査員たちが戻って来た。その中に須田の姿があった。彼は、いつものように、矢口にあれこれと話しながら入室してくる。

彼らは、まっすぐに管理官席にやってきた。須田が、安積に向かって少々興奮した面持ちで言った。

「石黒雅雄のスタッフに話を聞こうと、事務所を訪ねたんですよ。そうしたら、たまたま本人がいて、俺たち石黒雅雄本人から話が聞けたんですよ」

安積は須田に言った。

「警察官の聞き込みなんだ。相手が誰であろうと驚かない」

「あ、そうですよね。でも、まさか石黒雅雄がいるとは思わなかったので、俺は驚きましたよ」

「聞き込みの内容については、管理官に報告するんだ」

須田は池谷管理官に向かって言った。

「まずですね、事件があったと推定されている夜に、マリーナを訪れたかどうかを尋ねました。石黒雅雄は否定しました。アリバイを確認したところ、スタッフ数人と六本木の高級中華料理店で、次回のレコーディングの打ち合わせをしていたというんです。スタッフと店に確認を取りましたんで、間違いないです」

「待てよ」

佐治係長が言った。「司法解剖の結果がまだなんで、はっきりしたことは言えないが、殺人の犯行は深夜から未明にかけてだろう。石黒雅雄は未明まで中華料理店にいたわけじゃないだろう」

「ええ、おっしゃるとおりです。中華料理店を出た後、スタッフ何人かと西麻布のバーに飲みに出かけました。そして、朝方まで飲んでいたようです。それについての証言もあります」

佐治係長が言う。

「石黒雅雄のアリバイ成立か。じゃあ、その線はないわけだ。やっぱり、被疑者は柳井社長一人ってことになるな」

「それはどうでしょう」

須田の言葉に、佐治係長が不愉快そうな顔をする。

「何だ。言いたいことがあるんなら、さっさと言ったらどうだ」

「たしかに、石黒本人はマリーナの防犯ビデオにも映っていませんでした。ですが、思い出していただきたいのは、使用されたカードが、クルーカードだったってことです。つまり、石黒雅雄本人でない可能性があるわけです」

「本人以外に誰がメンバーズカードを持っていたんだ？」

「石黒雅雄の家族が共同オーナーカードを一枚、そして、現マネージャーが追加で作ったクルーカードを一枚」

安積は尋ねた。

「マネージャーが追加で作ったクルーカードを持っているということは、本来のクルーカードもあるわけだな」

「ええ、そうです」

「じゃあ、その残りの一枚のクルーカードは……？」

「元マネージャーが持っていたようです」

佐治係長が詰問する。

「持っていたようです？　確認していないのか」

「今、その元マネージャーの所在を探しているところです。ですから、まだ話は聞けていません」

安積は気づいた。

「その元マネージャーというのは、石黒雅雄の覚醒剤《かくせいざい》騒動のときに、柳井社長の怒りを買ってクビになったというマネージャーか？」

須田は何度もうなずいた。

「そうです」

それまで黙って須田の話を聞いていた池谷管理官が尋ねた。

「それは、たしか一年前のことだったな。さらに、柳井社長と石黒雅雄は、十三年前に移籍を巡って少々トラブルになったことがあったと、須田が捜査会議で言っていたな」

須田が言った。

「そして、その一年前の件で、柳井社長と石黒雅雄は決定的に不仲になったと言われています」

池谷管理官が思案顔で言った。

「どうやら、その元マネージャーに話を聞く必要があるようだな」

佐治係長が須田に尋ねる。

「……で、その元マネージャーの身元は？」

「氏名は寺岡昭信《てらおかあきのぶ》。年齢は三十八歳です。マネージャーを辞めてから音信不通なので、石黒雅雄も現マネージャーも、所在については知らないと言っています」

池谷管理官が尋ねた。

「顔写真は？」

須田がこたえる。

「入手してあります」

「コピーをSSBCに送ってくれ。その人物が、マリーナの防犯カメラに映っているかもしれない」

そのとき、須田の隣にいた矢口が言った。

「すでにメールで送ってあります」

彼はスマートフォンを掲げた。

そういう世の中なのだ。手間がなくなり、若手の苦労は減った。昔は焼き増しした写真を大急ぎで届けたものだ。

池谷管理官が安積に言った。

「もし、防犯カメラに彼が映っていたら、被疑者として浮上することになるな」

佐治係長が池谷管理官に尋ねた。

「どうしてですか。そりゃあ、いくらなんでも唐突じゃないですか?」

「そうは思わんよ。動機はあると思う」

「どういう動機です?」

「覚醒剤問題で、その寺岡という男はマネージャーをクビになったわけだ。それについて、石黒雅雄が腹を立てていたということだが、もっと腹を立てていたのは、当の本人である寺岡だったんじゃないか」

「そうかもしれませんね。しかし、それが島谷彩子殺害の動機につながるとは思えませんね」

「復讐《ふくしゅう》だよ」

「復讐……？」

「寺岡は、島谷彩子が柳井社長の愛人だと信じていたのだろう。そして、柳井社長からその大切な人を奪おうと計画した……」

佐治係長はかぶりを振った。

「それはどうでしょう。復讐ならもっと手っ取り早い方法があるんじゃないでしょうか。直接柳井を襲撃するとか……」

「いやあ、柳井社長はハードル高いですよね」

そう言ったのは矢口だった。若手の思わぬ発言に、その場のみんなが彼に注目した。

佐治係長が尋ねた。

「ハードルが高いってどういう意味だ？」

矢口は注目されていることを気にする様子もなくこたえた。

「芸能界の超大物ですからね。直接手を出すのはなかなかたいへんでしょう。ガードも固いでしょうし……」

「だから、愛人を狙《ねら》ったというわけか」

「精神的なダメージを与えられるし、苦しむ姿を見ることもできるでしょう」

その言葉を受けて、池谷管理官が言った。

「まずはＳＳＢＣからの知らせを待とう」

やはり須田はあなどれない。

もしかしたら、石黒雅雄と寺岡の件は、捜査の本筋になりうるかもしれない。

安積はそう思った。

19

午後八時からの捜査会議を前に、それまで空席だった幹部席がまた埋まった。

今日も白河部長が臨席して、捜査員たちを驚かせた。例によって、部長が来るので田端課長と野村署長も出席せざるを得ない。末席には、東京湾臨海署の榊原刑事組対課長の姿もある。

いつものように、池谷管理官の司会で会議が始まる。最初は、司法解剖の結果報告だ。安積が休憩している間に知らせが届いたのだろう。

池谷管理官が説明した。

「死因は、細いひも状のもので首を絞められたことによる窒息死です。つまり、絞殺ですね。凶器は、現場で発見された電気のコードで間違いないということです。死亡推定時刻がかなり絞られました。七月十三日月曜日の午後十一時から、翌十四日の午前一時の間だということです」

これは鑑識や検視官の見立てとそれほど違いはない。

池谷管理官の説明が続いた。

「被害者の肺の中に海水がそれほど溜《た》まっていなかったことから、死亡してから海中に遺棄されたと見られています」

田端課長が言った。

「やはり、殺害現場は柳井社長の船と見ていいようだな」

「はい。被害者のサンダルが船上から発見されていることや、凶器の電気コードが船内で使用されていたことなどから考えて、ほぼ間違いないでしょう」

白河部長が言った。

「そんなことは、解剖結果を待たなくてもわかっていたことだ。他に何か新たな発見はないのか？」

池谷管理官が緊張した面持ちでこたえた。

「これまで曖昧《あいまい》だったことが、解剖によってはっきりしたことは事実です。例えば、死亡推定時刻とか……」

「私は何も、解剖が役に立たないと言っているわけじゃないんだ。他に何か、わかったことはないのか」

「遺体の血中からはアルコールや薬物は検出されませんでした」

白河部長が怪訝《けげん》そうな表情になった。

「それがどうかしたのか？」

「いえ……。そのこと自体は何かを証明するわけではありませんが、いろいろなことが考えられると思います」

「例えば……？」

「もし、夜に誰《だれ》かを自分の船に招くのなら、酒の用意くらいするんじゃないかと……」

白河部長が、ふと考え込んだ。

「なるほど……。柳井社長が被害者と船で会っていたのなら、当然そういうことが考えられるな。二人で船で寛《くつろ》いでいたとか……」

「待ってください」

田端課長が慌てた調子で言った。「そういった憶測は危険です」

「わかっている」

白河部長が言った。「だが、池谷管理官が言うことも筋は通っている。そうじゃないか。船で人をもてなすというのは、そういうことだろう。つまり、被害者が酒を飲んでいなかったということは、船に被害者を招いたのが、柳井社長ではないということを物語っているのかもしれない」

それはちょっと苦しい解釈だな、と安積は思った。田端課長もそう考えているのだ。そして、課長だけでなく、多くの捜査員も同じように感じているだろう。

しかし一方で、その推理が的中している可能性もあると、安積は考えていた。

被害者がマリーナの防犯カメラに映っていたのは、午後十時五十五分。ほぼ同じ時刻に柳井社長のクルーカードが使われたことからも、彼女がその時刻にマリーナにやってきたことはほぼ間違いない。

夜の十一時近くにマリーナに停泊している船にやってくる目的は何だろう。

忘れ物でも取りに行ったのだろうか。

部長は、「招いた」と言った。誰かに呼び出されたと言いたいのだ。そう考えるのが自然だろう。

島谷彩子は誰かに呼び出されて、マリーナに停泊している『アブラサドール号』を訪ねたというのは、充分に考えられることだ。

いや、それ以外の理由が考えられるだろうか。安積はしばらく考えてみたが思いつかなかった。

だが、白河部長は呼び出したのが柳井社長ではないだろうと言っている。その根拠は、被害者が酒を飲んでいなかったからだ。その説には説得力はないが、可能性はゼロではない。

安積がそこまで考えたとき、田端課長が言った。

「被害者がなぜ夜中に船を訪ねたのか……。その事実に関連して何かつかんでいる者はいるか？」

捜査員席で手が挙がった。

挙手したのは須田だった。田端課長が須田を指名した。

「報告してくれ」

須田は立ち上がり、気の毒なくらいに緊張した面持ちで話しはじめた。

「ええと……。事件が起きたと思われる日の午後十時十五分に、マリーナで石黒雅雄のカードが使用されていたわけですが、これは、クルーカードであり、石黒雅雄本人が使用するものではないようです」

そこで須田は、一呼吸置いた。「石黒雅雄本人に確認したところ、その日はスタッフと六本木の中華料理店で食事をした後、西麻布のバーで朝方まで飲んでいたということでした。その裏も取れましたので、アリバイが成立したということになります」

須田はおそらく、石黒雅雄本人に確認したということを強調したかったのだろう。だが、それについて感心したりうらやましがったりする捜査員はいないようだった。

田端課長が怪訝そうな顔をしている。須田の発言の意図がわからないのだろう。

須田の説明が続いた。

「つまり、誰かが被害者を船に呼び出したのだとしても、それは石黒雅雄ではあり得ないということになります」

田端課長が言った。

「じゃあ、被害者を呼び出したのは、やはり柳井社長だということか?」

須田はふるふるとかぶりを振った。

「柳井社長は、午後八時五分にマリーナを出ています。それは、防犯カメラの映像とオーナーカードの記録で明らかです」

「カードの使用を偽装したのかもしれない」

「運転手も、午後八時頃に自宅に送ったと証言しています」

「それは矛盾しているんじゃないのか。柳井社長がマリーナを出たのが午後八時五分で、運転手が自宅に送ったのが午後八時というのは……」

「自宅に送るために柳井社長を車に乗せたのが午後八時頃ということだったらしいです。運転手は、対象者を下ろす時刻よりも、乗せる時刻を気にするものです。それで白木はつい、そういう言い方をしたのでしょう」

「つまり、白木は、午後八時五分頃に、マリーナで柳井社長を乗せて、自宅に向かったということか」

「ええ。それを臨海署の水野捜査員が直接白木から聞いています」

田端課長は水野を見て尋ねた。

「たしかそれは、アリバイとは見なされなかったはずだな？」

水野が立ち上がってこたえた。

「午後八時頃に柳井社長を車に乗せて、自宅まで送ったことは間違いないと思います。事件が起きたとされていた深夜から未明にかけてのアリバイとしては認められないということでした」

「柳井社長はマリーナから車に乗ったのか？」

「白木はどこで社長を乗せたかは証言しませんでした。しかし……」

「しかし、何だ？」

水野は、立ったままの須田をちらりと見てからこたえた。

「マリーナに残っていた記録や、午後八時頃に社長を車で自宅に送ったという白木の証言を考えると、柳井社長が車に乗ったのはマリーナと考えていいでしょう」

須田が補足するように言った。

「つまり、被害者がやってきたときに、柳井社長はすでにマリーナにはいなかったということになります」

田端課長が考え込んだ。白河部長は何も言わない。

「あの……」

須田が言った。「続けてよろしいですか？」

田端課長が驚いたように須田を見た。

「まだ続きがあるのか」

水野が着席すると、須田が説明を再開した。

「実は、ここからが大切だと思うんです。誰が石黒雅雄のクルーカードを持っていたか……」

田端課長が少々苛立《いらだ》ったような口調で尋ねた。

「誰なんだ」

「今のマネージャー。そして前のマネージャーが持っているそうです」

「前のマネージャー……」

「はい。寺岡昭信、三十八歳。一年前に、石黒雅雄が薬物所持と使用で逮捕されたときに、辞めさせられました」

「辞めさせられた……」

そのとき、池谷管理官が言った。

「それについては、これから報告しようと思っていたんです」

須田は、どうしていいかわからない様子で、池谷管理官の顔を見て立っていたが、やがて、自分の役割は終わったと判断したらしく、着席した。

須田の後を継ぐ形で、池谷管理官が、十三年前から続く柳井社長と石黒雅雄の確執から始まり、一年前に寺岡昭信が解雇されるまでの経緯を説明した。

安積は、白河部長をさりげなく観察していた。彼は当然、十三年前の事件を覚えているはずだ。

以前、須田が捜査会議でその事件の話をしたときには、ほとんど反応を示さなかった。忘れていたわけではあるまい。知らない振りをしていたのだ。

今日もあのときと同様なのではないかと、安積が思ったとき、白河部長が言った。

「十三年前の事件なら覚えている。私とまんざら縁がないわけでもない。その事案を担当したのは赤坂署だが、当時私は赤坂署の署長だった」

田端課長と池谷管理官がそっと顔を見合わせた。さすがの田端課長も言葉がない。

その沈黙を救ったのは野村署長だった。

「では、部長はその事件について詳しくご存じなのですね」

「捜査の現場にいたわけではないが、自分の署が手がけた事案だからな。事実関係はよく知っている」

それを、特命捜査対策室が洗い直していることを、白河部長は知らないのだろう。

だが、考えてみれば、それも妙な話だと、安積は思った。特命捜査対策室は捜査一課内にあり、捜査一課は刑事部の中にある。

すべての捜査は、刑事部長が統括しているはずだ。だが、それもたてまえだということなのだろうか。

考えてみれば、部長がすべての事案を把握することなど不可能だ。実際には現場だけで処理されて、部長まで上がらない事案も少なくないに違いない。

そして、海堀としては三崎社長変死の件は、部長には上げたくないだろう。秘密裡《ひみつり》に捜査を進めているということも考えられる。

白河部長の言葉が続いた。

「石黒雅雄が移籍しようとしていた先の社長が自宅で焼死したんだったな。だが、その社長の死に関しては事件性はないと判断された」

池谷管理官がさらに緊張した面持ちでこたえた。

「はい、そうです」

池谷管理官も、できればこの件には触れたくなかったはずだ。誰だって部長の機嫌を損ねたくはない。だが、成り行き上発表せざるを得なかったのだ。

白河部長が言った。

「その事件で、石黒雅雄の移籍はなくなったが、結局は独立して自分の事務所を持てたんだ。柳井社長との確執ってのは妙な話だろう」

「はあ、それはそうでしょうが……」

池谷管理官は、助けを求めるように安積のほうを見て言った。「その点は、どうなんだ？」

安積はこたえた。

「その質問には、須田がこたえられるのではないかと思います」

白河部長が言った。

「では、こたえてもらおう」

須田が再び立ち上がった。慌てて立ったので、机の上の書類を落としそうになった。

「石黒雅雄は、柳井社長の高圧的な態度に腹を立てたようです」

「高圧的な態度……？」

「ええ、亡くなった三崎社長に対して、ずいぶんと圧力をかけていたようです。殺すと言っていたという話もあります」

白河部長が言った。

「そういう話は、もちろん聞いている。だが、柳井社長だって本気でそんなことを言ったわけじゃないだろう」

「ええ、そうでしょうね。でも、なんせ柳井社長ですからね。言われたほうは心底恐怖を覚えるんじゃないでしょうかね。そんな矢先、三崎社長が変死したので、当時はいろいろな憶測が飛び交ったようですね」

「そうだな。柳井社長が三崎社長を殺した、なんて言い出す連中が少なからずいた。だが、捜査の結果は違った。三崎社長の死に事件性はなかったんだ」

海堀は、当時赤坂署長だった白河部長が、捜査に圧力をかけたのではないかと疑っているのだろう。

それは充分に考えられることだが、実際はどうなのだろう。安積は、できるだけ先入観を捨てて、冷静に判断しようとしていた。

須田が言った。

「実際にどうだったかは、石黒雅雄にとっては問題ではなかったのでしょう。柳井社長が三崎社長を殺害して、移籍の話をなしにしたと、石黒雅雄は思い込んだんです。そして、柳井社長を恐れ、憎んだわけです」

「だが、石黒雅雄の独立は、いわばのれん分けなのだろう？　円満な独立だったはずだ」

「それはおそらく、形だけのことだったと思います」

白河部長はしばらく何事か考えていたが、やがて言った。

「言わんとすることはわかった」

　須田はぺこりと礼をして着席した。

　白河部長は思案顔のまま、それ以上は何も言わなかった。十三年前のことを思い出しているのかもしれないと、安積は思った。

田端課長が白河部長の様子をうかがった。この先は発言がないようだと判断したらしく、田端課長は池谷管理官にうなずきかけた。

池谷管理官はそれを受けて言った。

「石黒雅雄のマネージャーだった寺岡昭信に話を聞く必要がある。所在を確認し、身柄を引っぱってくるんだ」

これが会議を締めくくる言葉になりそうだ。そう思った安積は、挙手をして言った。

「ちょっといいですか?」

「ああ、何だ?」

池谷管理官がこたえた。

言うべきかどうか、ずっと迷っていたことがある。安積は、それを思い切って言うことにした。

「マスコミの反応や社会的な影響を考えて、これまで柳井社長への接触を控えていましたが、やはりもう一度詳しく話を聞くべきではないかと思います」

この言葉に反応したのは、白河部長だった。

「つい今しがた、柳井社長の犯行は不可能だということになったんじゃないのかね？」

安積はさらに言った。

「容疑を晴らすためにも、本人からちゃんと話を聞くべきだと思います」

「容疑を晴らすためにも……」

白河部長はそう言ってからしばらく考え込んだ。その間、誰も発言しなかった。やがて、彼は言った。

「いいだろう。事情を聞きに行け」

「身柄を引っぱることになるかもしれません」

「必要ならそうしろ」

安積はさらに言った。

「十三年前のことも訊《き》くことになると思います」

「繰り返す。必要ならそうしろ。ただし」

そこで白河部長は言葉を切って、安積を見つめた。「柳井社長の事情聴取については、すべて君が責任を持ってやるんだ。いいな」

安積はこたえた。

「了解しました」

20

会議が終わると、白河部長と野村署長は退席した。田端課長と臨海署の榊原課長はまだ幹部席に残っていた。

「思い切ったことを言ったものだなあ……」

池谷管理官が言った。

彼は安積を見ていた。それでようやく、その言葉が自分に向けられたものだと、安積は気づいた。

「柳井社長の件ですか?」

「ああ。部長に、柳井社長を引っぱろうと言うなんて……。その件は、課長もためらっていた」

「実は、私にも柳井社長を引っぱりたくない事情があったんです」

池谷管理官が怪訝そうな顔をした。

「どういうことだ?」

相楽が安積に言った。

「そんなことまで正直に話すことはないと思いますよ」

安積は相楽に言った。

「いいんだ。隠し事はしたくないし、このままだと、もしかしたら捜査に支障を来《きた》すかもしれない」

相楽は、肩をすくめただけで何も反論しなかった。

佐治係長が詰問口調で言った。

「何だ？　何を隠していたんだ？」

安積は、海堀の要求のことを説明した。

話を聞き終わったが、池谷管理官も佐治係長も無言だった。

安積はさらに言った。

「相楽は事情を知っていたので、田端課長に、柳井社長を引っぱるのは最終手段だと言ってくれたんだと思います。その気づかいを、私自ら無駄にしてしまったことになる」

相楽が言った。

「別に自分は気を使ったわけじゃないですよ。柳井を引っぱるのは、慎重にやったほうがいいと、本当に思っていただけです」

安積は言った。

「いずれにしろ、柳井社長には訊かなければならないことがたくさんあります」

池谷管理官が尋ねた。

「それで、柳井社長が任意同行に応じたら、海堀さんに話をさせるつもりか?」

「そのつもりで、部長に十三年前の事件についても訊くことになると言ったのです」

「部長から言質《げんち》を取るなんて、なんてやつだ……」

佐治係長が言った。

「そんな勝手なことは許されない。課長に許可を取るべきだ」

それに対して安積は言った。

「部長は、すべて私の責任でやるようにと指示されました」

「海堀さんに話をさせるなんて、それはあんたの責任の範囲を超えているだろう」

「そうは思いません。十三年前の事件については質問しなければならないんです。そして、その事件については海堀さんが誰よりも詳しいはずです」

「海堀さんは、捜査本部の人間ではない」

そのとき、相楽が言った。

「捜査一課の捜査員ですけどね」

佐治係長が驚いたように相楽を見た。

「何だって?」

「海堀さんは特命捜査対策室でしょう? つまり、捜査一課の捜査員であり、田端課長の部下だということです。いちいち課長に許可を取る必要はないでしょう」

佐治は言葉を失い、相楽を見つめていた。鳩《はと》が豆鉄砲を食らったというたとえは、こういうときに使うのだと、安積は思った。

池谷管理官が言った。

「たしかに相楽が言うとおりだな。その件は、安積係長に任せよう」

「しかし……」

佐治係長が何か反論しようとしたが、その先の言葉が見つからない様子だった。池谷管理官が佐治を制するように言った。

「何かあれば、安積係長が責任を取る。それでいいな」

安積はこたえた。

「はい。そのつもりです」

「では、その件は以上だ。急務なのは寺岡昭信の所在確認だ」

佐治係長が言った。

「まさか、石黒雅雄の線が浮上してくるとは思っていませんでしたね……」

池谷管理官が尋ねた。

「マリーナで石黒雅雄のことを調べていた連中しかその件を当たっていないんだな」

「増員します。寺岡の線が濃くなってきましたからね」

佐治係長は、そのへんの実務に関しては信頼できる。任せようと安積は思った。

池谷管理官が安積と相楽に言った。

「昨日は君らが夜勤の当番だった。今夜は、我々が引き受けよう」

相楽がこたえた。

「自分はもうしばらくここにいるつもりです」

安積も同じことを言った。

池谷管理官は無言でうなずいた。

捜査会議後にすぐに外出した須田から電話連絡があったのは、午後十一時を過ぎた頃だった。

捜査本部の固定電話にかかってきたのだが、安積が受けるようにと、池谷管理官が指示したのだ。

「どうした？」

「あれ、安積係長ですか？　管理官じゃないんですね」

「俺が電話を受けるように言われた。何があった？」

「様子がおかしいんですよ」

須田と矢口は、寺岡の自宅に向かっていたはずだ。

「何が、どうおかしいんだ？」

「石黒雅雄の事務所の人から、寺岡の自宅だと教わったアパートに来てみたんですが、何日か留守にしているようなんです。郵便物が溜まっているんですよね……」

「新聞は？」

「取っていないようですね。ですが、DMとかチラシとか、公共料金のお知らせとかが、郵便受けにありました」

昔は、新聞が溜まっていて、いつごろからいなかったのかがわかったものだが、今どきは新聞を取っている人も少ない。

「逃走を図った可能性があるということか？」

「ええ、そうですね。そう思います」

「アパートの所在地を教えてくれ」

須田は寺岡の住所を伝えた後に言った。

「俺たち、もう少しこのあたりを調べてみます」

「何かあったらすぐ知らせてくれ」

「了解です」

安積は電話を切ると、すぐに今の話を管理官たちに伝えた。話を聞き終えると、池谷管理官が言った。

「逃走を図った恐れ……？」

安積はこたえた。

「可能性はあると思います」

「そうだとしたら、寺岡の鑑が濃いということになるな」

「はい」

管理官は席を立ち、幹部席の田端課長のもとに駆けて行った。二人の間に緊迫したやりとりがあった。

池谷管理官は、席に戻ってくると、安積たちに言った。

「都内全域で手配することにした。逃走を図ったとしたら、駅や空港の監視カメラに映っているかもしれない。寺岡の自宅を中心に、監視カメラもチェックする。彼の自宅は？」

安積は、須田から聞いた港区のアパートの住所を伝えた。

佐治係長が顔をしかめた。

「捜査員がいくらいても足りませんね」

池谷管理官が言った。

「文句を言ってる場合じゃないぞ」

「この際、全捜査員をつぎ込みましょう」

「そうしてくれ」

安積は言った。

「私たちも外に出ましょう」

池谷管理官がそれにこたえた。

「夜勤の当番は私たちだ。本来なら、君らには休んでほしいのだが……」

「そうも言っていられなくなりましたね」

「外回りは他の捜査員に任せて、安積係長と相楽係長は、上がって来たビデオの解析や情報の整理をやってくれ。ビデオ解析をSSBCに任せきりにするわけにはいかない」

「了解しました」

安積と相楽は、ほぼ同時にこたえた。

池谷管理官と佐治係長から、次々と指示が出て伝令が走り、連絡係が電話をかける。深夜になり、捜査本部はにわかに活気づいた。

捜査員の姿が増え始める。休憩していた者たちが戻って来たのだ。彼らは、指示を受けて外に出かけていった。

寺岡昭信の足取りを追うのだ。集中的な捜査こそが、捜査本部の最大の目的だ。今、その目的を果たすべく、それまでゆっくり回っていた歯車が、一気に加速した。

安積はそれを実感していた。

安積班の捜査員たちも、それぞれの仕事はいったん棚上げにして、寺岡昭信の行方を探しているはずだ。安積は彼らを全面的に信頼していた。彼らのやることに間違いはない。

問題は俺だ。安積はそう思った。

海堀に頼み事をされたことで、迷いがあった。別に隠す必要はなかったのだ。白河部長は、十三年前の事件のことを、それほど気にしていない様子だった。

自分が気にしすぎていたのかもしれない。そして、本質的なことを見失っていたことに気づいた。

もし、柳井社長に何らかの疑いがあるのなら、ちゃんと調べなければならない。そのために海堀が尋問するのは、別に間違ったことではないだろう。

白河部長に、「柳井社長の事情聴取については、すべて責任を持ってやれ」と言われた。腹は決まった。必要なことはすべてやろう。

連絡係が池谷管理官に告げた。

「地下鉄赤坂駅と、地下鉄青山一丁目駅の防犯カメラ映像を入手しました」

池谷管理官が応じる。

「半分はSSBCに助けてもらおう。半分こっちへ運ぶように言ってくれ」

「了解しました」

それから約三十分後、ビデオが届き、捜査本部に残っている者が手分けして解析に当たった。安積と相楽も、それぞれ自分のノートパソコンで映像と睨《にら》めっこを始めた。

すでに零時近いが、誰も疲れを感じていない様子だった。安積も同様だった。

刑事は猟犬と同じだと、安積は思った。獲物《えもの》が見つからない間は、退屈そうで元気がないが、一度追うべきものが見つかると一目散に駆け出す。獲物を追っている間は疲れを知らないのだ。

ビデオ解析には集中力と根気が必要だ。ほんの一瞬のために、膨大な時間を費やさなければならない。

それでもやる価値はある。映像は大きな手がかりとなるのだ。パソコンのディスプレイに、地下鉄駅構内の光景が映し出されている。

安積は、寺岡昭信の顔写真を何度も見直して、人相風体を頭に叩《たた》き込んである。訓練された刑事の眼《め》だ。映像の中の寺岡を見逃すはずはない。

ＳＳＢＣには優秀な顔解析ソフトがあるという話を聞いたことがある。それがどの程度役に立つのか、安積は知らない。自分の眼のほうが確かだと思いたかった。

夜中の一時を回った。流れて行く人並みの中に、寺岡の姿はない。解析を始めて一時間以上経《た》つと、眼が疲れてきた。眼が乾き、さらに眼の奥が痛む。

それでも休む気にはなれない。やはり自分も疲れを知らない猟犬なのだと、安積は思う。

「いたいたいた。これじゃないか」

捜査員席で声が上がった。

管理官席にいた安積たちは、その声のほうを見た。捜査一課の係員が、ノートパソコンを持って池谷管理官の席にやってきた。

安積たちは立ち上がり、捜査一課の係員と池谷管理官の背後から、ノートパソコンのディスプレイを見つめた。

静止画面だった。不鮮明ながら、通行人たちの人相風体が見て取れる。捜査一課係員が指さした人物は、野球帽風のキャップをかぶっている。

池谷管理官が言った。

「顔がよく見えないな……」

捜査一課係員がこたえた。

「横顔、特に顎《あご》の形がよく見えます。けっこう特徴的ですから……。そして、耳です」

「耳……」

「ええ、耳の形はどんなに変装をしようと変えられませんから」

さすがに捜査一課の係員だ。目の付けどころがいい。安積はそう思った。ふと見ると、佐治が自慢げな顔をしている。

池谷管理官が言った。

「アップにできるか？」

「SSBCが使っているような専用の解析ソフトじゃないので、拡大すると画面がかなり荒れますが……」

そう言いながら、捜査一課係員がパソコンを操作した。問題の男がアップになる。

たしかに顎や耳の形は、寺岡昭信と一致しているように見える。

相楽がきっぱりと言った。

「間違いないですね。これ、寺岡ですよ」

断定的な口調が事態を動かすことがある。池谷管理官が捜査一課係員に尋ねた。

「これはどこの防犯カメラだ？」

「地下鉄赤坂駅です」

「……ということは、千代田線だな？　カメラはどこにあった？」

「ホームです。エスカレーター近くにあって、天井から代々木上原《よよぎうえはら》方面に向けられています」

「赤坂駅の構内図を入手しろ」

池谷管理官の指示で、別の係員がウェブサイトを検索する。すぐに構内図が表示された
パソコンが差し出された。

池谷管理官はそれを見ながら、画面を指さした。

「ここだな?」

捜査一課係員がこたえた。

「そうです。寺岡はエスカレーターでホームに下りてきたところのようです。つまり、これからどこかへ出かけるのでしょう」

「彼が映っていたのはいつのことだ?」

「ビデオの記録によると、火曜日の深夜零時十五分ですね」

「犯行があったとされる夜だな……」

誰もが同じことを考えているはずだと、安積は思った。

深夜にもかかわらず、ホームには多くの人影が見て取れる。この時間帯は駅はけっこう混雑しているのだ。

池谷管理官がつぶやくように言った。

「代々木上原方面か、綾瀬《あやせ》方面か、どちらに向かったんだろう」

すると、さきほど赤坂駅の構内図を提示した係員が言った。

「代々木上原方面です。それしか考えられません」

池谷管理官が怪訝そうな顔で尋ねた。

「なぜだ?」

「赤坂駅の最終電車です。綾瀬方面最終は、零時十一分我孫子《あびこ》行きです。このビデオの時刻だと、すでに出た後です。一方、代々木上原行きは、このあと零時二十分に一本あり、最終電車が零時三十八分です」

彼は、ウェブサイトで赤坂駅の最終電車を調べたのだ。

池谷管理官は即座に命じた。

「赤坂から代々木上原に至る千代田線の駅から防犯ビデオの映像を入手しろ。当日の零時二十分と零時三十八分赤坂発の電車がそれぞれの駅に到着する時刻に絞って、ビデオ解析するんだ」

佐治係長がすぐに電話に手を伸ばした。

連絡係も外にいる捜査員たちに連絡をした。時計を見ると午前一時半を回っている。だが、当直の駅員もいるはずだ。捜査員が行けば対処してくれるだろう。

幹部席にはまだ田端課長がいる。この状況では帰るに帰れないのだろう。

池谷管理官が寺岡らしい人物が映し出されているパソコンを手に、三人の係長に言った。

「課長に報告に行く。いっしょに来てくれ」

安積たちは池谷管理官に同行して、幹部席の課長の前に集まった。

田端課長が言った。

「盛り上がってきたじゃねえか、タニさんよ」

「寺岡は、当日の深夜零時二十分か零時三十八分赤坂発の代々木上原行き電車に乗ったものと思われます」

手にしていたパソコンを田端課長に見せる。田端課長が言った。

「不鮮明だな。ＳＳＢＣに頼んで、本当に寺岡と同一人物かどうか確認してもらってくれ」

「了解しました」

池谷管理官は即座に、係員を呼んでパソコンを手渡し、課長の指示を伝えた。係員が駆けて行くと、田端課長が笑みを浮かべて言った。

「この時間帯にこういう展開になるのは、嫌いじゃないぜ。なんだか血が騒ぐな」

この人も、獲物を追う猟犬なのだと、安積は思った。田端課長が安積に確認するような口調で言った。

「寺岡昭信が、しばらく自宅に戻っていないようだというのは確かなんだな？」

安積はこたえた。

「現場を見た捜査員がそう言っていました」

田端課長が思案顔になる。

「事件が起きた夜から姿を消したということは充分に考えられるな」

佐治係長が言った。

「しかし、事件は江東区で起きました。その夜に赤坂の駅の防犯カメラに映っていました。犯行時間は午後十一時から午前一時の間。防犯カメラが寺岡を捉《とら》えたのが零時十五分。これはアリバイと考えることができるんじゃないですか？」

安積は反論した。

「もし、犯行が午後十一時頃だったとしたら、零時十五分に赤坂まで移動する余裕は充分にあります」

佐治係長がふんと鼻で笑って言った。

「どうして犯行現場から、わざわざ赤坂まで移動しなければならないんだ？　犯行現場からそのまま逃走すればいいだろう」

田端課長が、佐治係長に対して言った。

「犯行後、自宅に戻ったのだろう。だが、自宅にいると危険なことに気づいて逃走を企てた……。そういうことだと思う」

佐治係長が驚いた顔で田端課長を見た。

「課長は、柳井犯人説なんじゃないのですか？」

田端課長がこたえた。

「そんなふうに決めつけちゃいねえよ。捜査ってのは流動的なもんだ。大切なのは、新たな事実がわかったら、それに柔軟に対応するってことだ」

「はあ……」

「なあ、佐治やん。あんたいい刑事だが、何でも勝負に持ち込もうとするのがいけねえよな」

佐治はとたんに小さくなってしまったように見えた。

田端課長が言った。

「よし、何が何でも寺岡昭信の身柄を押さえるぞ」

取りあえず、柳井社長から直接話を聞くのは後回しだ。

安積はそう思った。

21

午前二時三十分頃《ごろ》のことだ。SSBCから緊急の報告が入った。それを、池谷管理官が大声で田端課長と捜査員たちに伝える。

「確認が取れました。赤坂駅の防犯カメラに映っていたのは、寺岡にほぼ間違いないそうです」

田端課長が応じる。

「そうか」

「さらに、SSBCからの報告があります。同一人物が、マリーナの防犯カメラの映像の中に確認できたということです」

田端課長が確認する。

「マリーナに寺岡がいたということだな?」

「はい。SSBCの話だと、時刻から判断して、石黒雅雄のクルーカードを使ったのは、寺岡と考えて間違いないようです」

「全国に指名手配しよう」

田端課長が言った。「何としても身柄を押さえるんだ」

佐治係長が池谷管理官に言った。

「捜査員全員を投入しましょう」

休んでいた捜査員が捜査本部に続々と戻ってきており、にわかに賑《にぎ》やかになってきた。

こうなれば寝てなどいられないと、駆けつけたのだ。

特に誰《だれ》かが知らせに行かなくても、何となく雰囲気で状況を察知するものだ。

次々と池谷管理官や佐治係長の指示が飛び、捜査員たちは外に出かけて行く。もう遅いから続きは明日にしよう、などと言いだす者は一人もいない。

捜査が山場を迎えたのだ。そして、安積は捕り物が近いことを、肌で感じ取っていた。

理屈ではない。長年刑事をやっていると、そういう空気がわかるのだ。

おそらく、田端課長や池谷管理官も同じことを感じているのではないかと、安積は思った。

一度賑やかになった捜査本部内は、再び閑散とした。捜査員たちがあらかた外に出かけて行ったからだ。

それでも室内の熱気は衰えなかった。捜査員たちから電話が入り、そのたびに伝令が走る。たちまち池谷管理官の机の上にメモが溜《た》まっていく。

その後、池谷管理官の指示によって集められた防犯ビデオの映像が次々と届いた。

安積たちは、それらの防犯ビデオの映像解析に追われていた。その作業には、安積や相楽をはじめ、合計で十名ほどの者が関《かか》わっていた。

午前五時半頃のことだ。捜査員の一人が言った。

「いた。見つけました」

彼はノートパソコンを持って、管理官席に駆けつけた。池谷管理官をはじめ、その場にいた者たちがディスプレイを覗《のぞ》き込む。

先ほどと同じ服装の寺岡が映っていた。池谷管理官が尋ねた。

「これはどこの映像だ？」

捜査員がすぐさまこたえる。

「代々木上原です。時刻は、零時三十三分です。赤坂発零時二十分の列車に乗ったんですね。代々木上原着が零時三十分のはずですから……」

池谷管理官が言った。

「捜査員を代々木上原駅周辺に集めろ。寺岡の足取りを追うんだ」

その言葉を受けて、佐治、相楽、そして安積の三人が手分けして捜査員に電話をした。

「この最後の映像から、マル四日経《た》ってますね……」

電話を切ると、佐治係長が思案顔で言った。「すでに高飛びしている恐れもあります」

池谷管理官が渋い顔になった。

「出国について調べよう。入管に問い合わせてくれ」

佐治が指示して、捜査員を入管に向かわせた。安積は時計を見た。まだ六時だが、入管にも当直がいるはずだと思った。

外はもう明るいはずだ。捜査員たちは徹夜で寺岡の足取りを追っている。すでに、全国へ指名手配されていて、午前八時十五分を過ぎれば、日本中の警察でその手配について当番から日勤の者たちに引き継ぎが行われ、効力を発揮しはじめるはずだ。

安積は、池谷管理官と佐治に言った。

「高飛びの可能性はもちろんありますが、依然として都内に潜伏している可能性も高いと思います」

「なぜだ?」

佐治が即座に聞き返した。「根拠は?」

安積はこたえた。

「赤坂から地下鉄に乗り、代々木上原まで行ったからです。もし、地方や海外に逃走するつもりなら、明治神宮前あたりで列車を下りるのではないかと思います。明治神宮前からは原宿でJR線に乗り換えられます」

池谷管理官が考え込んで言った。

「たしかに、遠方へ逃走するつもりなら、代々木上原までやってくるのは不自然かもしれない」

佐治が言った。

「行き当たりばったりで、取りあえず終点まで地下鉄に乗ったのかもしれない。代々木上原からタクシーでどこかへ移動した可能性もある」

「とにかく……」

池谷管理官が言った。「そのへんのことは、外にいる捜査員たちが調べてくれるだろうから、その結果を待つしかない」

佐治はうなずいた。

そうだ。捜査員たちが必死で、寺岡を追っている。彼らを信じるしかない。安積はそう思った。

ともあれ、辛《つら》い映像解析から解放されてほっとしていた。眼《め》の奥が痛んでいる。眼を酷使したせいだろう。

そんな安積に、池谷管理官が言った。

「寺岡が指名手配された今となっては、柳井社長に会いに行く必要はないんじゃないのか?」

安積はしばらく考えてからこたえた。

「寺岡の容疑が濃いのはすでに明らかですが、柳井社長も無関係とは言えません。島谷彩子が殺害された原因は柳井社長にあるとも言えるのです」

池谷管理官は小さくかぶりを振った。

「その言い方はちょっと酷だな……。柳井社長も被害者なのかもしれない」

安積はうなずいた。

「いずれにしろ、柳井社長はいろいろと事情を知っているはずです。話を聞く必要はあると思います」

「まあ、そうだな……。それに、海堀さんの件もあるか……」

「そうです。それも何とかしなくてはなりません」

「あんたが責任を取ると言ったな」

「部長にそう言われましたから……」

「わかった。会いに行ってくれ。だが、今は寺岡の所在を確認することに集中してくれ」

「わかりました」

安積も、柳井に会うのは、寺岡のことが一段落してからのほうがいいと考えていた。池谷管理官が言うとおり、今は寺岡の身柄を押さえることが先決だ。

全員が一丸となってそれに当たる必要がある。そのための捜査本部なのだ。

映像解析から解放された安積は、管理官席で情報の整理を担当していた。夜が明けてしばらくすると、電話の数が増えはじめた。世の中が動きだしたのを実感する。

朝食をとるのも忘れて捜査に没頭していたが、庶務担当がコンビニから握り飯を買い込んできた。安積は、それを見たとたんに空腹を覚えた。シャケの握り飯とお茶をありがたくいただいた。

午前九時になると、また白河部長がやってきた。よほど事件のことが気になっているのだろう。部長がこんなに頻繁に捜査本部にやってくるのは珍しい。

幹部席には野村署長の姿もあった。田端課長は完全に徹夜だ。

白河部長のやや興奮した声が聞こえてきた。

「寺岡を全国に指名手配したって？」

田端課長がこたえた。

「犯行から日が経っていますから、遠方に逃走した可能性もありますので……」

「足取りは？」

「犯行の日に、地下鉄千代田線の赤坂駅と代々木上原駅で防犯カメラに映っていました」

田端課長は「犯行の日」と言った。ちょうど日付が変わった頃のことなのだが、その言い方でも問題はないと安積は思った。

白河部長が聞き返す。

「赤坂と代々木上原……？　犯行現場から離れているな」

「自宅が南青山一丁目で、赤坂駅に比較的近いと言えます。犯行後自宅に戻り、その後すぐに赤坂駅に向かったのではないかと推察しています。そして、赤坂から代々木上原まで地下鉄に乗ったんです」

「他に手がかりは？」

「現在、捜査員を代々木上原周辺に集中して捜査に当たっています。一方、海外へ逃走した可能性も考えて、入管にも問い合わせています」

「海外だとやっかいだな……」

「ええ。でも、まだ都内にいる可能性が高いという意見もあります」

おそらく田端課長は、先ほど自分が言ったことを聞いていたのだろうと、安積は思った。

いい意味での緊張感が持続しており、安積は眠気も疲れも感じていなかった。俺も獲物《えもの》を追う猟犬だと、安積は思っていた。

部長と署長がいるが、捜査会議は開かれなかった。第一、捜査員がほとんど出払っている。すでに会議をやっている段階ではない。

午前十時を過ぎると、野村署長が席を外した。署長室に戻ってルーティンワークを始めるのだろう。

白河部長は、退席するか居残るか決めかねている様子だった。結局、部長は残ることにしたようだ。席で黙っていてくれるといいのだが、おそらくそうはいかないだろう。

臨席しているからには存在感を示そうとするはずだ。安積はそんなことを思ったが、案の定、幹部席に呼ばれた。午前十時半頃のことだ。

安積が正面に立って気をつけをすると、白河部長が言った。

「別に説教をするわけじゃないんだ。そんなにしゃちほこ張ることはない」

「はい」

「柳井社長のことだ。寺岡が被疑者となった今でも、やはり会いに行くのか？」

「池谷管理官とも話し合ったのですが、やはり行くべきだと思っています」

「なぜだ？」

「まず、第一に、柳井社長の容疑が完全に晴れたわけではないからです」

白河部長は怪訝《けげん》そうな顔をした。

「ばかなことを言うな。犯人は寺岡だろう」

「もちろん、その可能性がきわめて高いと思います。しかし、柳井社長の場合も、完全に疑いがなくなるまで、ちゃんと話を聞くべきだと思います」

田端課長が助け船を出すように言った。

「土壇場ですべてがひっくり返ることもありますからね」

白河部長は、驚いたように田端課長を見た。

「寺岡が無罪で柳井社長が犯人、ということもあり得ると言うのか？」

田端課長がこたえる。

「まあ、例えば、の話です。そういうことだって、ないとは言い切れないでしょう」

安積は説明を続けた。

「第二に、もし寺岡が犯人だとしたら、柳井社長が犯行の動機に深く関わっていると思われます。柳井社長から、詳しく事情を聞く必要があります」

白河部長の表情が曇った。

「柳井社長は被害者だよ。かわいがっていたタレントを殺害されたんだ」

部長は、愛人とは言わなかった。

「心得ています。しかし、被害者でも事情を聞くべきです」

白河部長は、しばらく考えている様子だったが、やがてうなずいた。

「わかった」

「一つ質問してよろしいですか」

「何だ？」

「十三年前の事件についてです」

白河部長の表情が険しくなった。怒鳴られるかもしれないと安積は思った。それも覚悟の上だった。

この質問をすべきかどうか、ずっと考えていた。そして、どうしても質問しなければならないという結論に至ったのだ。

「三崎社長が亡くなった件だな？」

白河部長が言った。彼は、怒鳴らなかったし、安積を叱責《しっせき》しようとすらしなかった。その口調は、安積が想像していたものよりずっと穏やかだった。

「はい」

「当時、いろいろな憶測が飛び交ったものだ。今でも、怪しんでいる者はいる。だが、正面から私に質問した者は、ほとんどいなかった」

「申し訳ありません」

「謝ることはない。むしろ礼を言いたい気分だよ。よくぞ尋ねてくれた、とな」

「他殺ではないかという声もあったようです。それでも事故だったという結論を出されたのですね」

「これは、当時捜査に当たった誰かに訊《き》いてもらえればわかることだがね、私も他殺じゃないかと考えていたんだ」

田端課長が、意外そうな顔で安積を見た。二人は顔を見合わせる恰好《かっこう》になった。

白河部長の話が続いた。

「だから、他殺の線で徹底的に洗えと、捜査員に指示を出した」

「他殺の線で……?」

安積は思わず聞き返していた。白河部長はうなずいた。

「そうだ。私は絶対に柳井社長が怪しいと踏んでいたんでな。現場は嫌というほど調べたし、柳井社長を厳しく追及した。やれることは全部やったと思う。その結果、三崎社長は事故死と判断するしかなかったんだ」

「誰かが巧妙に証拠を隠したとか、周囲に圧力をかけたということではなかったのですね?」

「そういうことはなかった」

「自殺の線はどうだったのでしょう?」

「それも調べた。だが、自殺を証明するものも何もなかった。やはり不幸な事故だったんだ。石黒雅雄の件でいざこざがあった矢先だったので、世間の眼が柳井社長に向いたわけだが、それは単なる偶然だったと考えるしかなかった」

安積は、それ以上は追及しないことにした。部長は嘘《うそ》は言っていない。当時彼自身が柳井を疑い、徹底的に調べたと言うのだ。もう何も言うことはない。

「わかりました。これですっきりしました」

田端課長が安積に言った。

「係長よ。おまえさん、本当にいい度胸してるな」

「そんなことはありません。怒鳴られるのも嫌ですし、処分はもっと嫌です」

白河部長が言った。

「たしかに、田端一課長の言うとおりだ。度胸はほめてやろう」

「申し訳ありません」

「だから、謝る必要はないと言っているだろう。私と柳井社長の付き合いは、その時からだ」

「わかりました」

「柳井社長には、いつ会いに行く？」

「寺岡の身柄を押さえることが、まず先決ですから、それが一段落してから、と考えております」

白河部長がうなずいた。

「いいだろう。話は以上だ」

安積は、深々と一礼してから幹部席を離れた。

管理官席に戻ると、池谷管理官が安積に尋ねた。

「部長は何だって？」

「寺岡が被疑者となった今でも、柳井社長に会いに行くのか、と……」

「何か話し込んでいた様子だったが……」

「十三年前の三崎社長変死の件について質問しました」

それを聞いた池谷管理官は、言葉を失った様子で安積を見つめていた。佐治係長と相楽も驚いたように安積を見ていた。

池谷管理官が言った。

「思い切ったことをしたもんだなあ……」

「海堀さんに説明するために、三崎社長の件について詳しく知る必要がありました。当時のことについて最も事情をよく知っているのは白河部長です」

「それはそうだが、それを部長に尋ねるのはタブーだと思っていた」

「海堀さんの要求を受け容《い》れてしまった私には、タブーを冒してでも質問する責任がありました」

「たまげたな……」

「尋ねてみたら、タブーでも何でもありませんでした」

「案ずるより産むが易《やす》し、か……」

佐治係長と相楽が、あきれたような表情になって安積を見ている。安積は、その視線を無視するように席に着いた。

そのとき、電話を受けた係員が池谷管理官のもとに駆けて来た。

「捜査員から入電。寺岡を発見したということです」

22

電話を受けた池谷管理官が、安積を見て言った。

「須田からだ。受けてくれ」

安積は、近くの受話器を取った。

「安積だ」

「あ、係長。代々木上原駅からちょっと離れた井《い》ノ頭《かしら》通り沿いのコンビニでトイレを借りようとしたら、使わせてもらえなかったんで、仕方なく、他のコンビニを探したんですが……」

「おい、須田。被疑者発見の知らせじゃないのか？」

「あ、すいません。ええ、発見したんです。次のコンビニは、大原一丁目にあったんです。そこでようやく用を足しまして……。代々木上原駅からはさらに離れてしまったわけですが、なんと、そのコンビニで、寺岡を見つけたんです」

「コンビニで寺岡を……？」

「ええ、そうなんです。驚きですよね」

須田の強運には、まったく驚かされる。

「それで……？」

「あ、密《ひそ》かに尾行をして潜伏先を確認しました。コンビニと同じく大原一丁目のアパートです。近くにいた捜査員と連絡を取り合って、監視しています」

「間違いなく、そのアパートにいるんだな？」

「はい。間違いありません」

「すぐに、逮捕令状と家宅捜索の許可状を用意するから、そのまま張り込んでいてくれ。もし、被疑者が逃走を図るようなら身柄を押さえて、あとで逮捕令状を執行する」

「了解しました」

安積の電話のやり取りを聞き、すでに池谷管理官が逮捕状と捜索差押許可状を裁判所に請求する手配をしていた。

そして、安積に言った。

「一時間以内に届ける」

安積はそれを受けて須田に言った。

「逮捕令状と捜索差押許可状は、一時間以内にそちらに届ける」

「了解しました」

「連絡を絶やすな」

「はい。じゃあ、いったん切ります」

電話が切れた。

池谷管理官が佐治係長に言った。

「身柄が届いたら、すぐに寺岡の取り調べをやってくれ」

「わかりました」

それから、池谷管理官は安積に眼を転じた。

「十三年前の石黒雅雄独立や、一年前の薬物所持の事情はよく知っているな？」

安積はこたえた。

「はい」

「では、佐治係長といっしょに取り調べをやってくれ」

「わかりました」

佐治係長がどう思おうが、管理官の命令だ。従わないわけにはいかない。安積は、警務課に電話して取調室の準備をさせた。

「逮捕令状と捜索差押許可状が届きました。これから執行します」

須田からそういう電話があったのは、正午頃のことだった。安積は、「わかった」とだけこたえて電話を切った。

しばらくすると、佐治係長が苛立《いらだ》った様子で言った。

「時間がかかり過ぎじゃないのか？　アパートを訪ねるだけだろう」

相楽が言った。

「まさか、取り逃がしはしないでしょう」

「ふん、どうかな」

佐治が皮肉な笑いを浮かべて言った。「須田とかいうやつが指揮を執っているんじゃないのか？」

安積は尋ねた。

「須田が指揮を執ると、何か問題があるんですか？」

「なんだか頼りないと思ってな」

「寺岡を発見したのは、その須田なんですよ」

「たまたまじゃないのか？」

「それが須田というやつの、面白いところなんです」

本当は、「あんたに須田の何がわかるんだ」と言ってやりたかった。若い頃の自分なら口に出していただろうと、安積は思った。今は余計なことは言わずにいるだけの分別がある。

必ずしも大人になるのがいいことだとは思わない。だが、大人になれば、少なくとも不必要な軋轢《あつれき》を避けることができる。

佐治係長はそれ以上何も言わなかった。

電話が鳴り、連絡係が取る。彼は言った。

「寺岡、確保です。午後零時八分、寺岡確保」

「おう」という、抑制された歓声が上がる。

白河部長が腰を上げるのが見えた。

捜査員たちが立ち上がる。管理官席の安積たちも起立していた。被疑者が確保されたことを確認したので、白河部長は捜査本部をあとにすることにしたのだろう。

それから約三十分後、寺岡の身柄が到着したという知らせが届いた。取調室にいるという。

続いて、捜査員たちが戻ってきた。そのなかに須田の姿があった。彼はまったくいつもと変わらず、相棒の矢口に何事か熱心に話しかけている。

須田が池谷管理官に言った。

「午後零時八分、寺岡昭信を殺人ならびに死体遺棄の容疑で逮捕しました。現在、捜査員が衣類等を押収するために家宅捜索を行っています」

池谷管理官がうなずいた。

「ごくろうだった」

安積は須田に言った。

「相変わらずの強運だな」

「自分でもたまげますよ。でもね係長、寺岡があのあたりにいることはわかっていたんです」

「わかっていた？」

「よそでの目撃情報も、防犯カメラの映像も一切なかったんです。最後の記録は代々木上原駅の映像です。理屈から言って、彼が代々木上原一帯から出ていないと考えるべきでしょう」

「言われてみるとそのとおりだが、なかなかそういう判断を下せるものじゃない。車両で移動した可能性だってあるんだ」

「まったく痕跡《こんせき》を残さないのは無理ですよ。ですから、代々木上原付近にいることは間違いないと思ったんです」

佐治係長が言った。

「たまたま運がよかっただけだ。犯行後すぐに遠くに逃げようとする犯罪者はたくさんいる」

「ええ、そうですね」

須田は佐治係長に言った。「おっしゃるとおり、運がよかったと思いますよ」

安積は佐治係長に言った。

「そして、この強運が須田の持ち味なんです」

佐治係長は、鼻白んだ表情になった。おそらく、所轄の捜査員が被疑者を発見してその身柄を取ったので、面白くないのだろう。敗北感を味わっているはずだ。

一方、相楽はまったく「我関せず」という態度だった。佐治の部下だったときには、彼といっしょになって所轄を軽視する態度を取っていた。

今は立場が変わり、相楽は少しずつ変わっているように思う。所轄に来たことよりも、佐治係長のもとを離れたことが変化の大きな要因なのではないか。安積はそんなことを考えていた。

佐治係長が不機嫌そうに言った。

「取り調べだ。行くぞ」

席を立ち、足早に出入り口のほうに向かう。安積は、それを追った。

疲れ果てた姿だ。

寺岡昭信を見たとき、安積はまずそう思った。眼が赤く充血しており、目の周りには隈《くま》ができている。

顔には脂が浮いており、眉間《みけん》に深くしわが刻まれている。

おそらく犯行後、まともに寝ていないのではないかと、安積は思った。

佐治係長が自己紹介もなく、いきなり言った。

「何で捕まったのかは、わかっているな？」

寺岡昭信は、机の上の一点を見つめたまま何も言わない。

「立原彩花こと島谷彩子が、江東マリーナで遺体で発見された。殺したのはおまえだな？」

寺岡昭信は無言だ。

「事件があったと思われる時刻に、マリーナの防犯カメラがおまえを捉《とら》えていた。七月十三日月曜日の午後十一時頃のことだ。おまえの犯行に間違いないんだ。おまえがやったんだな？」

寺岡昭信は沈黙を続けている。

佐治係長は、ふんと鼻で笑った。

「黙秘か。上等だ。黙ってりゃ罪に問われないとでも思っているのか？　黙秘権ってのはな、そういうことじゃないんだよ。俺たちは何が何でもおまえを起訴する。そうなると、黙秘していたことで、検察官や裁判官の心証が悪くなるんだ。それでもいいんなら、ずっと黙ってりゃいいさ」

佐治係長が言っていることは正しくはない。だが、こういう脅しを使う刑事は少なくない。これも尋問テクニックの一つなのだ。

昔から、「落とせばいい」と考えている刑事はたくさんいる。被疑者の人権など、どうでもいい。自白を取ることが自分の仕事だ。そういう考えなのだ。

そして、警察ではそういう刑事が優秀だと言われることが多い。犯罪捜査の世界はきれい事では済まない。

それはわかっているが、安積はそういうやり方を嫌っていた。捜査員と被疑者、お互いに納得した上でないと、本当のことは聞き出せない。

法律の世界では、何が本当かはあまり重視されない。何を証明できるか、が重視されるのだ。だから、世の中は冤罪《えんざい》だらけなのだがあまり表沙汰《おもてざた》にされていない。

冤罪が疑われる事案について、いちいち再審していたら、捜査機関も裁判所もたちまちパンクしてしまうと、密かに囁《ささや》かれている。

だったら、捜査の段階で何が本当なのかを知るべきだと、安積は思う。それは、それほど難しいことではない。

相手の話に耳を傾け、疑問に思ったことを、素直に尋ねればいい。ただそれだけのことができない捜査員が多いのだ。

あるときは思い込みで、あるときは怠慢のせいで、大切な「あと一言」が聞けないのだ。

自分自身はそれを避けたいと、安積は刑事になって以来、ずっとそう考えていた。

佐治係長が言った。

「こっちは、いつまでだって待てるんだ。被疑者を確保してるんだからな。好きなだけ、黙ってなよ。その代わり、ずっとここにいなけりゃならないんだよ」

寺岡昭信はそれでも口を開こうとしない。

佐治係長も腕組をして黙り込んだ。

安積は言った。

「私は安積、こちらは佐治と言います」

寺岡に反応はないが、佐治係長にはあった。「余計なことは言うな」と言いたげに、安積を睨《にら》んだのだ。

安積はかまわずに言った。

「あなたは、今佐治係長が言ったように、殺人及び死体遺棄の疑いで逮捕されました。何か言いたいことがあれば、今ここで言ったほうがいい」

寺岡は一瞬、安積のほうを見た。だが、やはり口を開こうとしない。

「では、質問を変えましょう。あなたは、石黒雅雄さんのマネージャーをやっていましたね？」

寺岡は、眼を伏せたままだが、その顔に緊張が走るのがわかった。返事をしたも同然だと、安積は思った。

「一年前、石黒雅雄さんが薬物の所持で逮捕されたとき、その責任を取ってお辞めになったのですね？」

寺岡は横を向いた。その話は聞きたくないという意思表示だろう。聞きたかろうが、聞きたくなかろうが、話さなければならない。

「そのことについて、誰かを怨《うら》んでいるのではないですか？」

佐治が我慢しきれないという態度で言った。

「どうして島谷彩子を殺害したんだ？　すべてしゃべるまでここから出られないぞ」

極限状態の人間は不思議な行動を取る。

刑事は取り調べの相手をまさに極限状態に持って行こうとするのだ。今自分が置かれている絶望的な状況から抜け出すためなら何でもする。そういう心境に追い込むわけだ。

自白すれば起訴されるのは明らかだ。だが、自白することで、取調室から出られるし、刑事から厳しく追及されることもなくなる。追い詰められた被疑者はやがて、そう考えるようになるのだ。

加えて刑事は、「今しゃべれば罪が軽くなる」という意味のことを言う。本来刑事に量刑の権利などないが、場合によってはそれが本当のことがある。

微罪なら警察官の判断で釈放することもあるのだ。

だが、安積はそういうことは言うべきではないと考えている。多くの場合、素直に自白しようが、黙秘しようが、量刑には関係ないのだ。

特に殺人などの重罪では、素直に自白したからと言って、それが量刑に反映することはないだろう。

つまり、捜査員が被疑者に嘘をつくことになるのだ。それは避けるべきだろう。

佐治係長がさらに言った。

「さっさとしゃべっちまえよ。お互い時間を無駄にするだけだぞ」

寺岡はそれでも無言だった。

佐治係長が舌を鳴らして安積に言った。

「ちょっといいか?」

彼は立ち上がり、部屋の外に向かった。安積はそれに続いた。「余計な口を出すな」と文句を言われるのではないかと思っていた。

廊下に出ると、佐治係長が言った。

「あんた、柳井社長に会いに行ったらどうだ？」

「取り調べに、私は邪魔だということですか？」

「そんなことは言ってないだろう。攻め方を考えていたんだ」

「取り調べの、ですか？」

「そうだ。寺岡は口を開かないつもりだ。これじゃ時間だけが過ぎていく」

「いつまでだって待てる」と言ったのは、本心ではなかったということだ。佐治係長は強硬に押すだけではないのだ。

伊達《だて》に係長はやっていないと、安積は思った。

「私が柳井社長に会うことで、寺岡に口を開かせる何かが見つかるとお考えなのですね」

「見つけてくれ。戻るまで取り調べは中断して待っている」

安積はうなずいた。

「わかりました」

安積は、プロダクションサミットに向かうことにした。

「今日はお一人ですか？」

プロダクションサミットに着き、「社長に会いたい」と告げると、前回同様に総務課長の金本が出てきて、そう言った。

「一人です。柳井社長にうかがいたいことがあるんです。出直す余裕はありません」

金本はちょっと考えてからこたえた。

「お待ちください」

彼は社長室に消え、すぐに出てきた。

「どうぞ、お入りください」

安積は社長室に入った。

「失礼します」

机の向こうで、柳井社長が鷹揚《おうよう》にうなずいた。そして、彼は金本に言った。

「おまえはいい。あっちに行ってなさい」

金本は一礼して社長室を出ると、ドアを閉めた。

二人きりになると、柳井社長が言った。

「たしか、係長だったね。安積さんと言ったか……」

「そうです」

「何の用だ？」

「質問がいくつかあります。そして、謝罪とお願いがあります」

柳井は怪訝そうな顔になった。

「質問はわかるが、謝罪とお願いとは意外だ。それは楽しみなので、後で聞くとしよう。何を質問したい？」

「十三年前の事件についてです」

「十三年前の事件？　何のことだ？」

「三崎社長が亡くなった件です」

柳井社長の眼が鋭くなった。

「今さらそんな話を聞いてどうする？」

「事実を知りたいと思いまして……」

「当時、警察にはずいぶんとしつこく調べられたものだ」

「その頃赤坂署にいた白河の指示だったということです」

「ああ、知っている。それで、三崎の件の何が知りたい？」

「柳井社長は、その件には関わっていらっしゃらないのですね？　それを改めてうかがいたいのです」

柳井は即座に、きっぱりと言った。

「関わっていない」

「誰かが社長に忖度《そんたく》をして、手を下したというようなことはありませんか？」

「そういうこともない。断言できる。第一、警察も事故だという結論を出したんじゃないか」

安積はうなずいた。

「おっしゃるとおりです。当時、白河の指示で、捜査員が徹底的に調べたのです。その結果が事故死ということでした」

「だから、私や、私の周囲の人間は、一切関係がない」

理屈は通っていると、安積は思った。

「わかりました」

「他に何か訊きたいことはあるか？」

「寺岡昭信という人物をご存じですか？」

「テラオカ……。さて……」

「石黒雅雄のマネージャーをやっていた人物です」

「マネージャー？　いつの話だ？」

「いつからやっていたかはわかりませんが、ブラックロックプロで、昨年までやっていたようです」

「石黒の事務所で……？　ああ、思い出した。たしか、石黒がドラッグの所持で捕まったときのマネージャーだろう」

「そうです」

「それがどうした？」

「寺岡と直接やり取りをされたことはありますか？」

「さあ……。記憶にないな。ブラックロックは、うちからのれん分けしたのだが、事実上石黒の個人事務所で、私はノータッチだった。石黒の楽曲の原盤権は押さえているがね」

「直接何か言われたことはないのですね？」

「ない」

柳井の口調は常に断定的だ。

彼の言うとおりだとしたら、寺岡は柳井社長を脅したりはしていないということだ。そして、柳井が嘘をついているとは思えなかった。

「わかりました」

「訊きたいことは、それだけか？」

「取りあえずは……」

「では、こちらから訊こう。謝罪すると言ったのは、何についてだ？」

「殺人及び死体遺棄について、一度はあなたに疑いがかかりました。それについて、お詫《わ》びしたいと思います」

柳井は無言でしげしげと安積を見つめた。まだ表情に変化はない。

彼の感情と表情がどう変わるのか、見当もつかないまま、安積は柳井の次の言葉を待っていた。

23

「私が立原を殺したと言うのか？」

柳井が言った。安積が予想していたより、ずっと静かで穏やかな口調だった。だが、安心はできない。

ほっと気を抜いたとたんに、激しく恫喝《どうかつ》する。ヤクザはよくそういう手を使う。それが効果的だからだ。柳井は今はヤクザではないが、そういうやり方を心得ているはずだ。

「一度はそれを疑いました。警察というのはそういうものです。島谷さんの遺体は、あなたの船の近くで発見されました。そして、状況から見て、船上で殺害された可能性が高いのです」

柳井はじっと安積を見つめていた。やがて彼は言った。

「私が犯人だとしたら、そんな場所で人を殺すと思うか？」

口調はまったく変わらない。

安積はかぶりを振った。

「いいえ。ですから、あなたは被疑者として拘束されることはありませんでした。しかし、疑いの眼《め》を向けたことは事実ですから、私は謝罪したいと思います」

「それは、警察全体としての謝罪か?」

「残念ながら、そうとは言い難いです。捜査の過程ではいくつか過ちを犯すものです。警察は普通、それについての謝罪はしません」

「では、どうして……」

「私個人がそうすべきだと思ったからです」

「あんた個人が……?」

「はい。私ごときが謝罪したからといって、とてもご納得いただける話ではないとは思いますが……」

それまでほとんど変化することのなかった柳井の表情が変わった。彼はほほえんだのだ。

安積にはそのほほえみの意味がわからなかった。戸惑いながら、柳井の顔を見ていた。

柳井が言った。

「昔一人だけ、今のあんたと同じことをした警察官がいた」

「同じこと……?」

「私に謝罪したんだよ」

安積は理解した。

「白河ですね?」

柳井はうなずいた。

「そう。私をさんざんに絞り上げた挙げ句、事故だったという結果になり、彼は私に謝りに来た。そんな警察官は初めてだったので、私は驚いた。そして言ったよ。警察はいつからそんなに甘っちょろくなったんだ、と……。そうしたら、白河は言った。甘いのは警察ではなく自分です、とな」

「私も同じことを言いたいです」

柳井は、しばらく安積を見つめていた。何を考えているのかわからない。だが、不快ではなかった。

安積も無言で見返していた。やがて、柳井が言った。

「質問と謝罪は聞いた。頼みというのは？」

「十三年前のことを調べている刑事が、社長と会いたがっています」

「三崎の件か？」

「はい。継続捜査の担当者です」

「事故だという結果に満足していないんだな？」

「お話をうかがえば、納得すると思います」

「不愉快な話だな」

「そうかもしれません」

「それに、その刑事に会うことは、私にとって何のメリットもない」

「ですから、お願いをしているのです」

「頼み事だというからには、断ることもできるというわけだな」

「もちろんです。しかし、なんとかお願いしたいのです」

柳井はしばらく考えている様子だった。

「会ってもいい」

「本当ですか」

「ただし、条件がある」

「何でしょう？」

「立原の事件のことを、詳しく教えてくれ」

「捜査情報はお教えできません」

「あんたはさっき、個人的に謝罪をした。それと同じように、個人的に話せることを教えてくれればいいんだ」

安積はしばらく考えなければならなかった。相手が誰《だれ》であっても捜査情報を洩《も》らすわけにはいかない。家族であってもだ。

だが、柳井はごく親しい知人を殺害された当事者でもある。ある程度の事実を知る権利があると、安積は思った。

「情報が外に洩れることで、公判の結果に何らかの影響が出ることがあります」

「わかっている。だから話せる範囲でいい」

安積はうなずいた。

「被疑者がすでに確保されています」

柳井は一瞬考えてから言った。

「さっき、あんたは私に、寺岡という人物について尋ねたな。被疑者はその寺岡なのか?」

「それについて、今ここでおこたえすることはできません」

「逮捕されたのなら、すぐに報道されるはずだ」

「捜査員は、正式に発表されるまでは何も言えないんです」

「被疑者が誰であるかは、取りあえずおいておこう。そいつが立原を殺したのはなぜだ?」

「まだ取り調べの途中ですが、おそらく社長に対する怨《うら》みが理由だと思います」

「私に対する怨み? それで立原を殺害したというのか」

柳井の眼光が鋭くなった。怒りを感じたのだろう。

「そうです。被疑者は、島谷さんを殺害することが、あなたに対する復讐《ふくしゅう》になると考えたのではないでしょうか」

柳井の眼に現れた怒りは、一瞬にして消え去った。そして、彼は深い悲しみに沈んでいくように見えた。

「何ということだ……。じゃあ立原は、私のせいで死んだということなのか……」

「そういうふうにお考えにはならないほうがいいと思います」

柳井はしばらく下を向いていた。顔を上げると彼は言った。

「犯人は、私から立原を奪うことで、私を苦しめようとした……。そういうことだな」

「はい」

「ならば、そいつは充分に目的を果たした。私は傷つき、打ちのめされた思いだ」

「島谷さんは、大切な方だったんですね」

「そう。大切だった。そう言うと、おそらくあんたは勘違いをするだろうがな……」

「世間では、愛人だと言われているようです」

「知っている。だが、実際には違う」

「どういうご関係だったのか、うかがってもよろしいでしょうか」

「聞いても信じないだろうがな……」

「どうでしょう」

「まあいい。こんな私でも、少年の頃《ころ》に恋い焦がれた相手がいた。中学生だった。私は当時すでにいっぱしの不良でね。相手は真面目《まじめ》な優等生だ。陸上の選手だったよ。近づけもしなかったな。その人は高校生のときに病気で亡くなったと聞いた。骨の癌《がん》だったそうだ。そういうのは、残るんだよ。心にな。立原はな、その人によく似ていた。レストランのウエートレスをしていたんだが、初めて彼女を見たときは驚いた」

「あなたは、島谷さんの中に憧《あこが》れの女性を見ていた、ということでしょうか」

「私なら立原を有名にできるという思いもあった。その結果がこれだ……。それが彼女の幸せだと思っていた。不《ふ》遜《そん》な思いだったかもしれない」

「最近彼女と揉《も》めていたという話を聞きました」

「この世界、売れすぎるのはよくない。生活がめちゃくちゃになるしな……。いや、それは言い訳かもしれない。多忙になりすぎて、彼女が私のもとから去って行くのが嫌だったのかもしれない。ともあれ、私は彼女にほどほどの地位を与えた。そのほうが仕事も長続きすると思った。だが、立原はそれでは満足できないと言い出した。売れっ子になりたかったんだ。本気で売ってくれる事務所に移籍すると言うようになった。本当に移籍しようとしていたのかどうかはわからないが、それで言い争いになったこともあった……」

「そうですか」

「やはり、こんな話は信じられないだろうな。だが、男にはこういう一面があるものだ。本当に大切なものには手を出せない」

安積は言った。

「あなたは、一貫して島谷さんのことを、立原と芸名で呼ばれています。それがあなたと立原さんの関係を物語っていると思います」

「私はのし上がるために無茶もしたし、汚いこともやった。だが、忘れられない思い出を自ら汚すようなことだけはしたくない」

島谷の中にその思い出を見ていたということなのだろう。それは理解できるような気がすると、安積は思った。

「だがな……」

柳井は眼をそらした。「思ったほどではないんだ」

「思ったほどではない……？」

「立原がいなくなったら、私はもっともっと悲しみ、めちゃくちゃになってしまうのではないかと思っていた。だが、実際にはそうではなかった。私はこうして普通に話をしている。私はね、それが逆に衝撃なのだ。そして戸惑っている。私の立原に対する想《おも》いは、この程度のものだったのか、と……」

安積はしばらく考えてから言った。

「長い間、喪失感を持たれていたからではないでしょうか」

「喪失感……？」

「島谷さんといっしょにいても、常に喪失感があったはずです。島谷さんがいなくなっても、激しい喪失感を抱かれないのは、そのせいかもしれません」

今度は、柳井が考え込む番だった。やがて、彼は安積を見て言った。

「もう一つ条件がある」

「条件？」

「その刑事に会う条件だ。あんたも立ち会ってくれ」

安積はうなずいた。

「わかりました」

「他に何か訊《き》きたいことはあるか？」

「一つだけ」

「何だ？」

「被疑者が誰かわかったら、怨みを晴らそうとなさいますか？」

「そんなことはしない。法に委《ゆだ》ねる」

あんたに委ねると言われたような気がした。

「けっこうです」

安積は礼をして言った。「では、失礼します」

柳井は何も言わなかった。すでに安積と話をしたことなどすべて忘れて、他のことを考えているような様子だった。

安積はもう一度礼をしてから、社長室を出た。

臨海署の捜査本部に戻り、管理官席で柳井と話した内容を報告すると、佐治係長が言った。

「寺岡を落とせそうか？」

安積はこたえた。

「いけると思います」

「では、すぐに取り調べを再開しよう」

寺岡は、先ほどよりも落ち着いた様子だった。身柄を拘束された当初は混乱していたはずだ。

あれから時間が経《た》ち、気持ちの整理もついてきたのだ。自分の立場も理解できたはずだ。

それでも、黙秘を続けるだろうか。安積は、寺岡を観察しながら、そんなことを考えていた。

佐治係長が言った。

「どうだ？　そろそろ話す気になったか？」

寺岡はやはり何も言おうとしない。落ち着いた分、改めて黙秘を続ける覚悟を決めたようにも見える。

佐治は安積を見た。安積に任せるということだ。

安積は言った。

「今しがた、柳井社長に会ってきました」

寺岡は安積と佐治の頭上のあたりを見つめている。表情は変わらない。だが、彼の体に緊張が走るのを、安積は感じた。

寺岡は安積の話を聞きたがっている。それを確かめるために、安積はしばらく黙っていた。

寺岡の視線が動いた。安積を見たのだ。明らかに興味を示している。

安積は話しはじめた。

「彼は言いました。もし、犯行の理由が自分に対する怨みだとしたら、犯人は充分にその目的を果たした、と……。つまり、柳井社長は深く傷つき、打ちのめされたのです」

寺岡は、じっと安積を見つめている。安積も見返していた。

安積はさらに言葉を続けた。

「もし、あなたが犯人だとしたら、あなたは柳井社長から大切な人を奪ったことになります」

寺岡は、今まで取調室で見せたことのない表情になった。口を真一文字に結び、眉《まゆ》の両端を吊《つ》り上げた。目をかっと見開き、安積を見つめている。

その眼は赤く充血している。

彼は無言のままだ。だが、この表情を見ると、落ちたも同然だと安積は思った。

「しかし、あなたが柳井社長を怨んでいるとしたら、それは逆恨みに過ぎません。あなたが柳井社長を怨む理由はないのです」

寺岡は、さらに口をきつく結んだ。そうしていなければ、言葉を発してしまいそうなのだろう。彼は今、安積に質問したがっている。そして、反論したいのだ。

もう一押しだと、安積は思った。

「一年前、石黒雅雄さんが薬物所持及び使用で捕まったとき、あなたは責任を取らされる形で事務所を解雇されましたね。しかし、その件には、柳井社長は一切関与していないのです。柳井社長が腹を立て、石黒さんの事務所に圧力をかけてあなたをクビにしたというのは、風評をもとにしたあなたの思い込みに過ぎないのです」

寺岡の唇が震えはじめた。拳《こぶし》を握りしめている。彼は冷静さを失ってきている。顔色が赤くなった。反論したいのを、必死にこらえているのだ。

安積はさらに言った。

「そのときの怨みが、犯行の理由だとしたら、あなたは過ちを犯したことになります」

「嘘《うそ》だ」

ついに、寺岡が口を開いた。最初の一言が重要だった。もし、「犯人は俺《おれ》じゃない」とか「俺はやっていない」という言葉だったら、寺岡はまだ冷静さを完全に失ってはいないということになる。

だが、今の一言は決定的だった。安積は言った。

「私は嘘は言っていません。あなたは、勘違いで人を殺害したのです」

「適当なことを言うな。柳井はな、芸能界では自分は何でもできると思っているんだ。暴君なんだよ。あいつこそ、とんだ勘違い野郎なんだ。そしてあいつは、タレントを自分の愛人にしてやがった。そんなの許されるわけないだろう。だから……」

「だから、あなたがその愛人を奪った、と……」

「天誅《てんちゅう》だよ」

安積は改めて尋ねた。

「あなたが、立原彩花こと島谷彩子さんを殺害したのですね」

寺岡が突然笑みを浮かべた。

「柳井は傷ついたと言ったんだな？　打ちのめされたと言ったんだな？」

安積はうなずいた。

「言いました」

寺岡は声を洩らして笑いだした。そして、笑いながら、涙を流しはじめた。鼻水も垂らしている。顔には汗が浮かぶ。

これは、被疑者が落ちたときの典型的な反応だった。

涙を流しながら、ひとしきり笑った寺岡が言った。

「そうだよ。俺が柳井の愛人を殺したんだよ」

「柳井の愛人というのは、島谷彩子さんのことですね」

「当たり前だろう」

安積は佐治係長を見た。佐治も安積を見ていた。

佐治係長はうなずくと立ち上がった。

寺岡が落ちたことを捜査本部に知らせに行くのだ。佐治が取調室を出て行くのを見て、寺岡はふと怪訝《けげん》そうな表情になった。

もしかしたら、自白したという自覚がないのかもしれないと思いながら、安積は言った。

「柳井社長があなたを解雇するように事務所に圧力をかけたというのもあなたの勘違いなら、島谷彩子さんが柳井社長の愛人だというのも間違いです」

「何を言ってるんだ」

安積は、柳井社長と島谷彩子の関係について説明した。話を聞き終えた寺岡は、ふんと鼻で笑った。

「そんなこと、誰が信じる。柳井はタレントに手を出したんだよ。最低のやつだ」

「信じるか信じないかは、あなたの自由です。私は信じます。それを裏付けるような第三者の証言もあります」

「ばかな……」

「犯行の動機は、勘違いだったということになります。過ちによる犯行だったということです」

その安積の言葉に、寺岡は唖然《あぜん》とした。衝撃を受けているのだ。何か言おうとしているが、言葉が見つからないようだ。

安積は言った。

「さて、詳しい経緯を聞かせてもらいましょう」

寺岡は下を向いた。しばらくそうしていたが、やがて彼は、話しだした。安積は、それを記録した。

寺岡の長い話が終わると、安積は席を立ち取調室を出て、警務課の留置係員を呼んだ。

留置場に戻された寺岡はおそらく、自分が犯した過ちの重大さと、自分自身の愚かさに打ちひしがれることだろう。

安積はそう思いながら、捜査本部に向かった。

24

寺岡が落ちたという知らせで、捜査本部にいる者たちの表情は一様に明るかった。管理官席にやってきた安積に、池谷管理官が言った。

「ごくろう。安積係長が落としたそうだな」

安積は思わず、その場にいた佐治係長を見た。佐治は何も言わなかった。

安積は言った。

「いえ、佐治係長と二人で取り調べをした結果です」

「あんたは謙虚だからな」

池谷管理官が言った。「きっとそう言うと思った」

「事実です。自分一人の力ではありません」

「詳しい経緯は聞けたか？」

「はい。殺害を計画した寺岡は、石黒雅雄のクルーカードを使ってマリーナに侵入しました。そして、島谷彩子を電話で呼び出したのです」

「電話で……」

「着信履歴を調べれば明らかになると思います」

「島谷彩子は、疑いもせずに寺岡の誘いに乗ったというのか？」

「自分はプロダクションサミットのスタッフで、柳井社長からの伝言を伝える。寺岡はそう言った上で、午後十一時に『アブラサドール号』、つまり柳井社長の船に来るようにと言ったのです」

「彼女はそれを信じたわけか」

「船まで来るように、と言われることは珍しくはなかったようです。ですから、疑わなかったのでしょう」

「まあ、細工は単純なほうがばれにくいものだがな」

「船の近くで待ち伏せし、島谷彩子が船にやってきたら、そこに侵入して、船室にあった電気のコードで首を絞めて殺害。死体を海に遺棄しました。そして、マリーナをあとにしたということです」

「そこがひっかかるんだ。その場にあったコードで殺害というのは、行き当たりばったりな感じがして、計画性がないように思えるのだが……」

「船にあるもので殺害する。寺岡はそう決めていたと言っています。そうすれば、凶器から足が付くこともありません」

「だが、防犯カメラに映っていたわけだ。クルーカードの記録も残っていた」

「犯罪者はミスをするものです。だから検挙できるのです」

「そのとおりだな。では、安積係長は、その供述をもとに疎明《そめい》資料を作ってくれ」

「わかりました」

池谷管理官は、幹部席の田端課長のもとに向かった。今安積が報告した内容を伝えるのだろう。

すでに、捜査員たちは送検のための書類づくりを始めている。時計を見ると、午後五時になろうとしている。

おそらく書類作りが終わるのは、深夜になるだろう。もしかしたら、徹夜になるかもしれない。

それでも捜査員たちの表情は晴れやかだ。事件を解決したという安堵感《あんどかん》と達成感は、捜査員にとっては何にも代え難い。

外にいた捜査員たちが次々と戻ってくる。安積班の面々も戻ってきていた。彼らは自然と安積のところに集まり、資料作りの手伝いをしてくれる。

安積はそんな彼らが誇らしかった。

午後五時半頃、白河刑事部長がやってきた。捜査員たちが起立すると、白河部長は大声で言った。

「ああ、そのままでいい。被疑者送検をもって、捜査本部を解散する。それを言いにきた」

そして、白河部長は付け加えた。「みんな、よくやってくれた」

柳井社長から話を聞いていたからだろうか。白河部長の印象が違って見えた。彼は間違いなく優秀な警察官であり、頼りになる幹部だった。

白河部長は幹部席に着き、田端課長から話を聞いている。事件の経緯についての報告を受けているのだろう。

その部長も、午後六時頃に捜査本部を去っていった。

捜査員たちは黙々と書類作りを続けた。そして、午前二時過ぎにすべての書類がそろった。捜査員たちは茶碗酒《ちゃわんざけ》を酌み交わす。田端課長もいっしょだ。

佐治係長が安積に向かって一升瓶を差し出し、安積は酒を茶碗に受けた。

「あんたと俺は水と油だな」

佐治係長が言った。安積は酒を一口飲んでうなずいた。

「そのようですね」

「あんたのやり方は生ぬるい」

「そうかもしれません」

柳井社長がかつて白河部長に、同じようなことを言ったという。安積はそれを思い出していた。

「だが……」

佐治係長は言った。「今回はそのやり方が功を奏した」

安積は何とこたえていいかわからずに、黙っていた。

佐治係長が言った。

「今度会うときは、俺のやり方も正しいということを証明しないとな」

安積はうなずいた。

「楽しみにしています」

佐治係長は、茶碗酒を飲み干すと安積のもとを去っていった。

それから約十分後、田端課長が退出した。佐治係長以下の捜査一課の面々もそれといっしょに帰っていった。

臨海署の係員たちだけが残された。安積のもとに安積班全員が集まった。

「片づきましたね」

村雨が言った。安積はこたえた。

「まだ一つ、やることが残っている」

村雨はふと怪訝そうな顔をし、それから気づいたように言った。

「海堀さんの件ですね」

「そうだ。すでに、柳井社長とは話をつけてある」

すると、須田が目を丸くした。

「え、係長が直接話をつけたんですか？」

「ああ、そうだ」

「たまげたなあ……。係長はやっぱりすごいですね」

「別にすごくはない。おまえも機会があれば話をしてみるといい」

「いや、そんな機会があるとは思えませんね」

水野が尋ねた。

「何です？　そのカイボリさんの件って……」

安積は、水野、黒木、桜井にも知っておいてもらいたいので、かいつまんで説明した。

話を聞き終えた水野は、しみじみとした口調で言った。

「この捜査の最中にそんなことがあったんですね」

安積は言った。

「明日にでも海堀さんといっしょに、柳井社長に会いに行こうと思う」

須田がまた驚いた顔になった。

「係長も行くんですか？」

「ああ。それが、柳井社長の条件だ」

須田はなぜかうれしそうな顔をした。

「へえ、係長、柳井社長に気に入られたんですね」

そうなのだろうか。そうであってほしいが……。安積にはわからなかった。

安積は言った。

「さあ、酔っ払わないうちに、引きあげるぞ」

安積班は、講堂をあとにした。

柳井のもとを訪ねるために、海堀と待ち合わせたのは、その日の午後二時四十五分だった。

今回は面会の約束を取り付けていた。逃亡や証拠湮滅《いんめつ》の恐れなどないし、突然訪ねて行って不在だと困るからだ。午後三時の約束だ。

プロダクションサミットが入っているビルのエレベーターホールで、海堀が言った。

「柳井が犯人じゃなかったんだな」

安積はこたえた。

「はい。柳井社長は、大切な人を失ったわけです」

「殺人の被害者は愛人だったのか？」

「世間の噂《うわさ》とは違っているようですね。そういう関係ではなかったと思います」

「俺が想定していた状況とは違う形で会うことになったが、君の尽力には感謝している」

エレベーターがやってきて、二人は乗り込んだ。

その日の柳井は、昨日会ったときとは少々印象が違い、いかにも芸能界の大物という感じだった。

どちらの柳井が本物なのだろう。おそらく、どちらも本当の彼なのだろうと、安積は思った。

「十分しか時間がない」

柳井が言った。「話は手短に頼む」

海堀が自己紹介してから言った。

「うかがいたいのは、十三年前の三崎義次さんの死についてです」

「何を訊いてもいい。ただし、私は何も知らない」

「当時、事件へのあなたの関与がずいぶんと噂されましたが……」

「事件ではなく、事故だろう」

「もし、あなたが三崎さんの死に関与していれば、事件ということになります」

「関与はしていない。世間の噂を根拠にはできないだろう」

「事実をはっきりさせたいだけです」

「何か新しい事実が出てきたとでも言うのかね?」

「当時の記録をつぶさに見直してみました」

「それで……?」

「三崎さんは、焼死ではなく、火事のときにすでに死んでいたかもしれないという記録が見つかりました」

「それが私と何か関係があるのかね?」

「いえ、関係を証明するような記録はありません」

「そうだろう。当時、白河が私のことを徹底的に調べ上げた。ずいぶんと絞られたよ。その結果、三崎は事故死という結論に達したのだ。もし、その結果に疑いを持つのであれば、それは白河に疑いを持つということだ」

「面会時間が十分では、詳しくお話をうかがうことはできませんね」

「残り六分だ」

「本当は、取調室でじっくり話を聞きたかったのですが、今回あなたが身柄を引っぱられることはなかったようですね」

「それについては、そこにいる安積さんに訊けばいいだろう」

海堀は安積を見た。そして、柳井に視線を戻してからうなずいた。

「すでに話は聞いています。島谷さんのことはお悔やみ申し上げます」

「あんたがどういう根拠で私に容疑をかけようとしているのかは知らない。だが、どんなに調べても何も出てこないはずだ。そうだろう。だから、私に直接圧力をかけようなどと考えたわけだ。何も出てくるはずはない。私は何もやっていないのだからな。何か証拠が出てきたとしたら、それはでっち上げだ」

「刑事というのは、ほんの少しでも疑いがあれば、とことん調べたくなるものなんです。そして、捜査対象者には直接会わずにはいられなくなる」

「それで、今後はどうするつもりだ?」

海堀は安積のほうを見て言った。

「おまえさんの意見を聞きたいな」

安積は驚いた。この場面で意見を訊かれるとは思わなかった。

「私は白河部長からも、この件で話を聞きました。社長がおっしゃるとおりだと思います。白河部長の当時の捜査は徹底したものでした」

海堀は安積から眼をそらしてうなずいた。そして、彼は柳井に言った。

「そろそろ時間切れのようですね」

「そうだな」

「お邪魔しました」

「もうあんたに煩わされることはないだろうな？」

「そうですね。何か特別なことがない限りは……」

「刑事もたいへんだな。ありもしない事実を求めて歩き回るんだ」

「それが仕事ですからね。特に継続捜査は」

柳井は、すでに海堀への関心をなくしたように、机上の書類に眼をやった。面会は終わりだという合図だ。

「失礼します」

海堀は踵《きびす》を返して出入り口に向かった。安積は柳井に礼をした。そのときだけ、柳井はちらりと眼を向けた。

安積は海堀を追った。

ビルの外に出ると、安積は海堀に言った。

「今後、この件はどうするつもりです？」

海堀は肩をすくめた。

「俺の意地もここまでだな」

「意地ですか」

「そうだ。反社会的勢力の力を利用して芸能界を牛耳る悪党。柳井のことを、俺はそう決めつけていた。そして、できるならそれを排除しようとしたんだが……」

「何もしていない人に罪を着せるわけにはいきません」

「わかっている。叩《たた》けば埃《ほこり》も出る、なんて思っていたが、会ってみたらなぜだかそんな気もなくなった。どうやら俺は、自分自身を納得させたかっただけだったようだ」

「納得されたわけですね？」

「ああ。三崎の件は幕引きにするよ。いろいろと面倒をかけたな」

「いえ……」

「じゃあ、ここで……」

海堀は歩き去った。警視庁本部に向かうのだろうか。安積は、東京湾臨海署に戻ることにした。

昨夜もほとんど寝ていないので、疲れ果てていた。それでも、席に着いて係員たちの姿を見ると、気が引き締まった。同時に、安心感を覚える。

部下たちも疲れているはずだ。それでも次の事案が刑事たちを待っている。強行犯第二係も同様だった。彼らも今日から通常業務だ。

安積はふと、相楽を眼に留めた。彼はパソコンに向かって書類仕事をしている様子だ。捜査本部ができれば、通常の仕事は棚上げにされる。

だから、ああして溜《た》まった仕事を片づけなければならないのだ。それは安積も同様だった。

安積は、しばらく迷った末に席を立ち、相楽に近づいた。

彼は安積が声をかけるまで、仕事に没頭している様子だった。名前を呼ばれて、驚いたように顔を上げた。

「何でしょう？」

「お疲れだったな」

「それはお互いさまでしょう」

「今回はいろいろと助けられた」

「そんなつもりはありませんがね」

「俺はそう感じているんだ」

相楽は、どうこたえていいかわからなかったらしい。無言で肩をすくめた。

「一言、礼を言っておこうと思ってな」

「礼なんて必要ないです」

安積はうなずき、その場を去ろうとした。すると、相楽が言った。

「悔しいですね」

「悔しい？　何が？」

「結局、第一係の須田が手柄を上げたんです。悔しいじゃないですか」

「あんたは、そういうのから卒業したと思っていたがな……」

「どういうことです？」

「捜査は勝ち負けじゃないと、いつも言ってるだろう。同じ臨海署の署員なんだし」

「同じ署にいるからこそ、競争が必要なんじゃないですか。切磋琢磨《せっさたくま》というやつですよ」

佐治係長の影響下を逃れ、相楽は変わったと思っていた。だが、もしかしたら、佐治係長率いる捜査一課という競争相手が外部にいたから、臨海署員としてこちら側に寄っていただけなのかもしれない。

安積はそう思った。

外部の競争相手がいなくなったとたんに、彼は再び安積をライバルとして見るようになったというわけだ。

相楽は言った。

「次は負けませんよ」

その言葉を聞いて、安積は不思議なことにうれしくなっていた。

安積は言った。

「ああ、望むところだ」

安積は部下たちがいる強行犯第一係に戻った。村雨、須田、水野、黒木、桜井。彼らがいる限り、相楽に後れを取ることなどあり得ない。安積はそう思っていた。

解説

関口苑生

同じ作家のファンだという人と話していて、好きな本、思い入れのある作品がそれぞれに違うというのはよくある話だ。かりに同じ作品をあげたとしても、好きになった理由がまったく違っているというのも、あって当然の話だ。キャラ萌《も》えする人もいるだろうし、単純にストーリーが好きだという人もいる。また中には作家が好きなのであって、作品をひとつに絞るのは難しい、ひとつずつ作品ごとにすべて異なる思い入れがあり、全部が大好きという意見だってあるかもしれない。いわゆるアイドルおたく系ですね。どちらかといえば、わたしもこのタイプだ。好きになった作家の作品は、たとえ少々のアラがあったとしても、それはそれでまた愛着が湧いてくるものなのだった。

今野敏のように著作の数が二百冊を超えた作家であってもそれは同様だ。ひとつひとつがみな愛《いと》おしく、大切にしてあげたい本なのである（これだと何だか女性アイドルグループのことを言ってるみたい）。とはいうものの、さすがにこれだけ数が多いと自分の内でも印象が強いものとそうでないものの差は少しは出てくる。たとえばデビュー長編の『ジャズ水滸伝』（『奏者水滸伝　阿羅漢集結』に改題）と第二長編の『海神の戦士』（『獅子神《バール》の密命』に改題）の二作は、今でも読んだときの興奮と当時の状況などを鮮明に覚えているし、長い長い雌伏と苦難の時を耐えてようやく花開き、吉川英治文学新人賞を受賞した『隠蔽捜査』にも長年のファンとしては格別の思いがある。あるいはまた……とそんなふうに振り返っていけば、本当に一作一作それぞれに、今野敏の作品を通して感じてきた自分自身の思い出が甦《よみがえ》ってくる。

そうしたあれこれがある中でもわたしが最も愛着を抱いているのが、この《東京湾臨海署安積班》シリーズだ。理由はいくつかある。数多《あまた》ある今野敏の警察小説の中で、これが最も長い付き合いだということもそのひとつだ。それゆえ登場人物たち――安積剛志を筆頭に、村雨秋彦、須田三郎、水野真帆、黒木和也、桜井太一郎ら強行犯第一係のメンバーはもとより、交機隊の速水小隊長、鑑識の石倉係長、安積をライバル視する第二係の相楽係長など、物語を彩る人々のほとんどと古い知り合いのような気持ちになっているのだった。それも不思議なことに、会話の端々やちょっとした仕草から彼らがいま何を考えているのか、何を悩んでいるのかなどが伝わってきて、さらにはこれまでの人生の歩みやら現在の心理状態、性格、しまいには顔に刻まれた皺《しわ》の数までもが浮かんできそうな気がするのである。実際には、そんなことなどひとつも書かれていないにもかかわらずだ。

言ってみれば、わたしにとって彼らは小説上のキャラクターという役割を通り越して、立派に血の通ったごく身近なひとりの人間となっているのだった。まったく、こんな気持ちにさせられる小説などそうはない。

本書『炎天夢』にしても、そんな身近に思う彼らが人と人との関係の中で抱くことになる軋轢《あつれき》や葛藤《かっとう》、苦悩、喜び、感動……等々を描いた濃密な人間ドラマとなっている。

物語は臨海署管内の江東マリーナで、若い女性の絞殺死体が浮かんでいるのが発見されたことから始まる。被害者は遺体を見た須田の指摘により、その場でグラビアアイドルの立原彩花だと判明した。また近くのプレジャーボートの甲板からは、彼女が履いていたものと思われるサンダルも見つかる。調べたところ船の持ち主は芸能プロダクションの社長・柳井武春。芸能界では知らぬ者がいないほどの絶対的実力者で、彩花は彼の愛人だという噂《うわさ》があった……。

さてここから芸能界という、素人目で見ると人間関係が窮屈でドロドロだと思われがちな世界を舞台にストーリーが展開されていく。実際に、柳井と被害者を取り巻く環境は芸能プロ、メディア、マスコミなど業界をまたいで広範に及び、秘密を伴った複雑微妙な人間関係の渦で満ち満ちていた。

またその一方で臨海署では捜査本部が立ち上がり、本庁の捜査一課からは佐治基彦係長が率いる殺人犯捜査第五係が来ることになる。よりにもよって、またしてもあの佐治係長なのである。本シリーズでは『残照』『晩夏』『潮流』に登場し（最近では、それだけでは飽き足らないとばかりに他シリーズの『カットバック　警視庁ＦＣⅡ』にも参戦している）、事あるごとに安積の意見と行動に口をはさんで批難を繰り返し、結果的に捜査の進展を妨げてきた人物だ。加えて池谷陽一管理官に田端守雄捜査一課長というお馴染《なじ》みの顔ぶれに、さらには『晩夏』で速水によって徹底的に警察官としての基本姿勢を叩《たた》き直されたはずの矢口雅士刑事まで登場する。そして普段は捜査本部に顔を出すことも稀《まれ》な刑事部長までが連日会議に参加し、捜査の進行具合に口をはさむなどして捜査員一同に無用な緊張感を抱かせ、絶大なる存在感を知らしめるのだった。

警察小説に限らずミステリというのは、被害者側にしても捜査する側にしても人間関係から生まれる諸々《もろもろ》の感情交錯が重要なファクターとなる。いや、そもそも小説はそうした関係の中から生じるあれやこれやのドラマを描くものだった。なぜ事件は起こったのか。どうしてこんなことになったのか。それは被害者側、捜査側の双方ともに、物語において最大の謎《なぞ》となって横たわるのだ。そういう意味では、本書は全編を通して人間関係の難解さと奥深さが、細部にまで詰め込まれているような気がしてならない。

被害者をめぐる芸能界の特殊な環境は言うまでもなかろうが、今回の捜査本部は常にもまして捜査の方法や筋読みに関して丁々発止のやりとりが繰り広げられる。そのことだけでも安積はうんざりとするのだが、そこに今回はいつにないほど深刻な悩みを抱えるのだった。佐治係長との確執もそうだが、かつて目黒署にいた当時に面倒を見てくれた先輩刑事からの頼みごと、一捜査員として抱く刑事部長への複雑な思い、芸能界の大物に対しての感情など、ひとつひとつがきわめて人間らしい、即座に答が出そうにもない悩みであった。だが、それらの厄介事に安積は決して背を向けることなく、真正面から立ち向かっていく。あれこれと悩みながらも、問題を解決すべく時には議論を交わし、時には誰かに相談をし……と真摯《しんし》に対処していくのだ。こうしたことはそっくりそのまま現実社会、わたしたちがいま生きている組織の中でも通用するものだろう。

と書いていてふと思ったのだが、企業の面接などで愛読書は何ですかという質問に、文芸書(小説)のたぐいをあげる人は滅多におらず、答のほとんどがビジネス書や自己啓発本、歴史上の人物の哲学やら思想やらを綴《つづ》った人生の指南書のごとき本で占められているという。確かにまあ、現実的にはそうした答となるのは仕方がないのだろうし、素晴らしい書が多いことも事実である。仕事でも人生でも先輩である人たちの意見やノウハウを学ぼうとする意識もよくわかる。だが、極論なのを承知であえて言わせてもらうと、そんな具合の読書(もちろん本の種類にもよるが)ばかりだと、自分の頭脳で考える代わりに、他人の頭脳で考えることに馴れてしまいやしないだろうか。そんな不安にもかられる。

そこで思ったのだった。今野敏の小説があるではないか、と。

たとえば本書だ。地方公務員の安積が勤める警察という組織は、上意下達が絶対のがちがち縦社会で、彼は中間管理職的立場にいる。捜査本部ができても外回りの捜査はせず、本部詰めで事件と向き合う立場だ。そこでの作業は捜査のプロセスで上がってきた情報を集約し、さらに上の管理官に報告すると同時に冷静で客観的な状況分析を下し、的確な判断と対応策を上申することである。しかし、その仕事がおそろしく困難なものとなっているのだ。捜査の方向性を決める場合でも、上の意向と自分の考えが異なっていたときにはどうするか。仕事だから意見の相違や対立はあって当たり前だが、何しろそこは普通の組織ではない。お言葉ですがそれはちょっと……などと反論することはできない雰囲気が厳として漂っているのだ。あるいはまた部下に対しても、地道に捜査活動に邁進《まいしん》する者には労《ねぎら》いの言葉をかけ、お前が気になるのなら調べてみろと信頼の態度を示す一方で、効率ばかりを考える者には厳しい態度をとらなければならない。上に対しても下に対しても気を遣い、自分の感情をコントロールしながら、できる限り正しい方向へ舵《かじ》をとろうと努めねばならない難儀な立場と仕事なのである。

見方を変えてみれば、本書にはそんな中間管理職の危機対応策と人心掌握術がビジネス書にも負けないほどたっぷりと詳しく書かれているのだった。しかも小説を読む愉《たの》しさも十分に保証されている。これは惚れた欲目でも何でもない。今野敏の素晴らしさを改めて思い知らされた一作だ。

（せきぐち・えんせい／文芸評論家）

本書は二〇一九年六月に小社より単行本として刊行されたものです。

ハルキ文庫

こ 3-45

炎天夢《えんてんむ》 東京湾臨海署安積班《とうきょうわんりんかいしょあずみはん》

著者 今野《こんの》 敏《びん》

2021年7月18日第一刷発行

発行者 角川春樹

発行所 株式会社角川春樹事務所
〒102-0074 東京都千代田区九段南2-1-30 イタリア文化会館

電話 03(3263)5247(編集)
03(3263)5881(営業)

印刷・製本 中央精版印刷株式会社

フォーマット・デザイン 芦澤泰偉
表紙イラストレーション 門坂 流

ISBN978-4-7584-4420-0 C0193 ©2021 Konno Bin Printed in Japan
http://www.kadokawaharuki.co.jp/ [営業]
fanmail@kadokawaharuki.co.jp [編集]　　ご意見・ご感想をお寄せください。

今野敏の本

ハルキ文庫

安積班シリーズ

●ベイエリア分署篇

二重標的《ダブルターゲット》
東京ベイエリア分署

若者が集まるライヴハウスで30代のホステスが毒殺された。安積警部補は事件を追ううちに、同時刻に発生した別の事件との接点を発見する――。安積班の記念すべき第一作目。

虚構の殺人者
東京ベイエリア分署

テレビ局プロデューサーの落下死体が発見された。被害者の利害関係から同局のプロデューサーが容疑者として浮かぶが、鉄壁のアリバイが安積班の前に立ちふさがる――。

硝子の殺人者
東京ベイエリア分署

TV脚本家の絞殺死体が発見された。早期解決を確信したが、即刻逮捕された暴力団は黙秘を続け、被害者との関係に新たな謎が――。華やかなTV業界に渦巻く麻薬犯罪に挑む！

●神南署篇

警視庁神南署

渋谷で銀行員が〝オヤジ狩り〟の被害にあう事件が起こった。そして今度は、容疑者と思われる少年たちが襲われた。巧妙に仕組まれた罠に神南署安積班の刑事が立ち向かう！

神南署安積班

神南署で信じられない噂が流れた。交通課の速水警部補が、援助交際をしているというのだ。安積警部補は、速水の無実を信じつつ、尾行を始めるが……。『噂』他八編を収録。

今野敏の本

ハルキ文庫

安積班シリーズ

●東京湾臨海署篇

残照

お台場で起きた少年刺殺事件に疑問を持った安積警部補は、交通機動隊の速水警部補とともに速水のパトカー、スープラで首都高速最速の伝説のスカイライン「黒い亡霊」を追う。

陽炎 東京湾臨海署安積班

海浜公園で全裸死体が見つかった。現場に駆けつけた安積警部補は、死体の前で超然としている不思議な青年とで会う。ST青山と安積班の捜査を描いた『科学捜査』他七編を収録。

最前線 東京湾臨海署安積班

お台場のテレビ局に出演予定の香港映画スターへ、暗殺予告が届いた。不審船の密航者が暗殺犯の可能性が——。安積たちは、暗殺を阻止できるのか。『暗殺者』他五編を収録。

半夏生 東京湾臨海署安積班

身元不明の外国人が倒れ、高熱を発し死亡した。やがて、本庁公安部が動き始める——。これはバイオテロなのか？　安積の不安をよそに、事態は悪化の気配を見せ始める……。

花水木 東京湾臨海署安積班

喧嘩の被害届が出された夜、さらに管内で殺人事件が発生した。殺人事件の捜査に乗り出す安積たちだったが、須田は、傷害事件を追い続けることに——。『花水木』他四編を収録。

笑う警官
佐々木 譲

札幌市内のアパートで女性の変死死体が発見された。
容疑をかけられた津久井巡査部長に下されたのは射殺命令——。
警察小説の金字塔、『うたう警官』の待望の文庫化。

警察庁から来た男
佐々木 譲

北海道警察本部に警察庁から特別監察が入った。やってきた
藤川警視正は、津久井刑事に監察の協力を要請する。一方、佐伯刑事は、
転落事故として処理されていた事件を追いかけるのだが……。

牙のある時間
佐々木 譲

北海道に移住した守谷と妻。円城夫妻との出会いにより、
退廃と官能のなかへ引きずりこまれていった。
狼をめぐる恐怖をテーマに描く、ホラーミステリー。(解説・若竹七海)

狼は瞑らない
樋口明雄

かつてSPで、現在は山岳警備隊員の佐伯鷹志は、
謎の暗殺者集団に命を狙われる。雪山でくり広げられる死闘の行方は?
山岳冒険小説の金字塔。(解説・細谷正充)

男たちの十字架
樋口明雄

南アルプスの山中に現金20億円を積んだヘリコプターが墜落。
刑事・マフィア・殺し屋たちの、野望とプライドを賭けての現金争奪戦が
始まった——。「クライム」を改題して待望の文庫化!